《水浒》闲读

李敬一 著

商务印书馆
创于1897
The Commercial Press

2018年·北京

图书在版编目(CIP)数据

水浒闲读/李敬一著.—北京:商务印书馆,2018
ISBN 978 - 7 - 100 - 16301 - 9

Ⅰ.①水… Ⅱ.①李… Ⅲ.①《水浒》研究 Ⅳ.
①I207.412

中国版本图书馆 CIP 数据核字(2018)第 146857 号

《水浒》闲读

李敬一 著

商 务 印 书 馆 出 版
(北京王府井大街36号 邮政编码100710)
商 务 印 书 馆 发 行
北京市艺辉印刷有限公司印刷
ISBN 978 - 7 - 100 - 16301 - 9

2018年9月第1版 开本787×960 1/16
2018年9月北京第1次印刷 印张12½
定价:35.00元

目　录

序

读《水浒传》，需要找一个新的角度

中国四大古典文学名著，内容迥然有别：《三国演义》演绎历史事件，彰显"天下大势，分久必合，合久必分"的历史规律；《西游记》以神话传说的方式，写磨难之后终成正果，宣扬"佛法无边"；《红楼梦》以家庭生活为平台，参透"好便是了，了便是好"的人生哲学。而《水浒传》则是英雄传奇，通过一个个反抗斗争故事，揭示"官逼民反"的社会真理。

在今天，读"四大名著"，《三国》可作用于政治、企业管理；《西游》是深层次的社会哲学；《红楼》影响年轻人，是"青春偶像"小说。只有《水浒》最平民化，其故事让人大喜大悲，其人物令人大爱大恨。

四大古典文学名著，《水浒传》在群众中最为普及。当今社会上仍然有许多家喻户晓的《水浒》故事，如"武松打虎""鲁智深倒拔垂杨柳""逼上梁山"等，人们很少有不知道的。群众口头流行的《水浒》语言也比比皆是，如"哥们义气""大碗喝酒，大块吃肉""官逼民反""蒙汗药""你这个鸟人""招安""智多星""黑旋风""火并""母夜叉""该出手时就出手"等等，人们多是张口就能说出。而在中小学教材中，以《赤日炎炎似火烧》《智取生辰纲》《鲁智深大闹野猪林》《鲁提辖拳打镇关西》《林冲雪夜上梁山》为题的课文，都选自《水浒》。在我国的戏曲舞台上，《水浒》剧目也不少，如《李逵负荆》《李逵下山》《武松打店》《宋江杀惜》《逼上梁山》等，都是经典名段。尤其是多年前运用现代传播手段改编的电视连续剧《水浒传》，在人民群众中影响尤为广泛。

由此可以看出，《水浒》作为经典文学名著，依然有着鲜活的生命力，《水浒》精神依然存在于当今的社会生活中。

《水浒》中的人物"社会知名度"也很高，"呼保义宋江""黑旋风李逵""花和尚鲁智深""豹子头林冲""智多星吴用""小李广花荣""母夜叉孙二娘""母大虫顾大嫂""一丈青扈三娘"等，均已成为文学典型，是百姓生活中常常挂在嘴边的人物。

《水浒传》这部书，人人读，年年读。但在今天，人们读《水浒》，要找一个新的角度，要掌握一个好的方法。为什么？因为作为一般读者，你不一定从事学术研究，你的工作、事业那么忙，你的兴趣、爱好如此广泛，外面的世界又如此纷繁复杂，所以你只需在通读原著的基础上，选一个"小"的切入点：分析《水浒》人物，因为《水浒》是由人物系列故事构成，读懂了《水浒》人物，就能正确把握《水浒》的主题思想，并且从这些人物身上获取一些人生的启示和生活的智慧。此外，你不要满足于读故事，你要从丰富多彩的《水浒》故事中"杂"取一些历史的、文化的知识，以丰富自己的头脑，构建合理的知识结构。你还可以就《水浒》所反映的社会现象、讲述的故事情节、描写的人物命运，做一些"新"的思考，看看它对我们今天的为人处世有哪些启发和借鉴意义。这难道不也是"古为今用"吗？

　　当然，由于《水浒》是一部有故事的书，其中故事大多富有传奇色彩和吸引力，所以，你读起来会很轻松，你完全可以当"闲"书来读。闲者，阅读对象"闲"，阅读主体"闲"，阅读方式"闲"，阅读成果"闲"，这就是今人所说的"休闲"阅读。这里，笔者将就《水浒传》一书所涉及的人物形象、历史知识、文化现象等，"闲话"一番，所谈的内容不一定很全面、很系统，算是同你交流一些读书心得，以期共同领略《水浒传》的思想艺术精华，从而继承这一份珍贵的文化遗产，丰富我们的精神生活，增强文化自信，创建新时代的先进文明成果！

《水浒传》是老百姓自己"写"的书

　　《水浒传》并非文人的原创作品，而是在民间传说的基础上由文人主笔加工而成，它寄托了封建时代劳苦大众的情感和理想。

　　宋江是中国历史上一个真实的人物，是北宋后期一支农民起义军的首领。起义失败之后，关于他的传说便在民间兴起（这大概是因为宋江的起义—被俘—再起义这一经历，以及他们的领袖团队都富有传奇色彩），至南宋末年，宋江等三十六人的画像和故事已在社会上产生广泛影响。当时人龚开（字圣与）说"宋江事见于街谈巷语"（《宋江三十六人赞并序》），"街谈巷语"尽说宋江，足见关于他们的故事、传说何其普及。时人罗烨《醉翁谈录》也收有话本篇目，其中如《石头孙立》《青面兽》《花和尚》《武行者》等，讲的便是后来的《水浒》英雄。这些，都算是《水浒》故事在老百姓的口头传说阶段，《水浒》故事本来就是老百姓的一些传说。

　　北宋以来，随着社会经济发展，都市规模逐渐扩大，市民文化生活十分活跃，勾栏、瓦肆等演艺场所大量出现，至南宋尤为繁盛，尽管半壁江山被金人占领，但"直把杭州作汴州"的文化生活却更加红火。勾栏、瓦肆中有"说话"一门，近似后世"评书"。"说话"内容大抵包括：讲小说（短篇故事）、说经（佛教故事）、讲史（长篇故事，亦称"平话"）、讲合生（幽默故事）等。"说话"的人有一个底本，就是"话本"（上述《石头孙立》等篇均是），成为中国白话小说的源头。

"说话"其实是与老百姓互动的，"说话"的人会根据现场听众的立场、好恶来调整所讲内容，"话本"更是依老百姓的立场而增删。"话本"流传在民间，老百姓的爱憎情感与立场当然就会反映在这些"话本"之中。所以，进入"话本"阶段的《水浒》故事实际上也是"说话"人与老百姓共同创作的成果。到了元代，宋江等人的系列故事继续产生，如元代刊行的《大宋宣和遗事》中，有《杨志卖刀》《智取生辰纲》《宋江杀阎婆惜》等。元杂剧更是"介入"到宋江等人故事的演绎中，现知的元杂剧关于《水浒》的剧本达三四十种之多，如《黑旋风双献功》《李逵负荆》《燕青博鱼》《还牢末》《三虎下山》《折担儿武松打虎》等。于是，戏剧这种艺术形式也进入了《水浒》故事的流传活动中。而戏剧的创作者、演绎者大多是下层知识分子和艺人，其观剧者主体当然仍是市民百姓。这样说来，老百姓又参与到《水浒》戏曲故事的创作中，这并非臆猜。

元末明初出现的长篇小说《水浒传》，正是在宋元话本、戏剧的基础上形成的。一般认为作者是施耐庵，但不同版本的标注却不一样，有的是"东原罗贯中编辑"，有的是"钱塘施耐庵编辑"，有的是"施耐庵集撰，罗贯中纂修"或是"施耐庵的本，罗贯中编次"。可以看出，《水浒传》是一部由老百姓"街谈巷语"、"说话人"口讲笔写、戏剧家精彩演绎、文人加工提高，亦即经民间长期流传而由施耐庵主笔定稿、罗贯中编辑整理的集体创作的作品。

智取生辰纲

已知的宋元话本、戏剧中的《水浒》人物，均为英雄好汉故事，"杏黄旗上七个字，替天行道宋公明"（《李逵负荆》）、"宋江一伙，只杀贪官污吏，并不杀孝子节妇，以此天下驰名，都叫他做呼保义宋公明"（《三虎下山》），反映了当时民众对黑暗统治、对贪官污吏的痛恨。这也正是长篇小说《水浒传》的主题和基调。

同时，《水浒传》保留了"说话"艺术的某些原貌，如以故事取胜，带传奇色彩，有夸张浪漫，有危言耸听。所以那些关于"剥皮抽筋""做人肉包子"等的描写，读者不必太信以为真，它是"说话的"（《水浒传》中常有此语）用来渲染气氛的。这与后来《红楼梦》的写法不一样，《红楼梦》是写实的。所以，鲁迅说：《红楼梦》一出来，传统的小说写法都打破了。所谓"传统的小说写法"，就是指像《水浒传》这样喜夸张、渲染，讲究传奇色彩，以故事情节取胜的写法。

《水浒传》版本很多，主要的有三个版本：一是七十回本（也作七十一回本），写到宋江等一百零八将梁山聚义为止。二是一百回本，写到宋江投降，征方腊、征辽为止。三是一百二十回本，写到宋江投降，征方腊、征辽、平田虎王庆为止。三个版本在当代均出版过。我们今天在谈这部书的时候，没有对这些版本进行过多的考据、比较，而出于论述人物性格以及故事结局完整性的需要，采用了一百二十回本。同时，为了讲述的方便（此书是笔者在某电视台主讲《水浒》专题所撰讲稿基础上加工整理而成），笔者常常在行文中将《水浒传》简称为《水浒》，这是需要向亲爱的读者作说明的。

宋江的"本来面目"

在《水浒》人物中，当首谈宋江。其实，人们对宋江的评价争议最大，但往往是误读。六十多年来，评论界对宋江的认识大体上经历了三个阶段：

第一阶段（1949—1966年）：舆论大多认为宋江是光辉的英雄形象，既是农民起义的英雄，也是民族斗争的英雄（"征辽"）。宋江爱人民，济人贫苦，反对强暴，反对贪官污吏。同时具有组织家、军事家的雄才大略，为梁山事业的发展、壮大作出了伟大的贡献。

第二阶段（1966—1976年）：在那个特定的历史时期，主流舆论认为宋江是出卖农民起义果实的投降派，《水浒》是一部反面教材。

第三阶段（20世纪90年代以来）：由于受影视作品的影响，人们（特别是年轻人）很少读《水浒》原著，脑海中只有屏幕上那个猥琐的，迈着急匆匆碎步，见了官府便五体投地、屁股翘得高高的奴才宋江的形象。

宋江究竟是一个什么样的形象？《水浒传》原著中宋江的本来面目究竟如何？要回答这一问题，先应了解宋江的原型。

《水浒传》中所描写的宋江，历史上是实有其人的。历史上的宋江是一支农民起义军的领袖，关于他的记载虽然较为简短，有些甚至互相矛盾，但大体上仍可以看出他的"本来面目"。

宋江起义，被俘投降。约在宋徽宗宣和元年（1119）之前，宋江即聚集三十六位首领起义，率部活动于河北、京东一带。曾在梁山泊（今山东阳谷、梁山、郓城间）驻兵。宣和三年进攻沭阳（今属江苏）、海州时，被海州知州张叔夜所派伏兵袭败，宋江投降。如《宋史·侯蒙传》记："（宋）江以三十六人横行齐、魏，官军数万无敢抗者。"《宋史·张叔夜传》说："（张叔夜）伏兵乘之，擒其副贼，江乃降。"《宋史·徽宗本纪》也说："淮南盗宋江等犯淮阳军，遣将讨捕，又犯京东、河北，入楚海州界，命知州张叔夜讨降之。"又有记载说宋江投降后，他或是他的部将曾经"再起"（再反）。"横行""战败""被俘""投降""再起"，诸多记载，不一而足。

还有记载说，宋江起义军在宋将折可存镇压方腊起义之后，又被折可存镇压下去。《折可存墓铭》就说："（折可存）奉御笔捕草寇宋江，不逾月继获。"这里也说的是宋江被俘。

但是，以上说法均未言及宋江降后被封官并征讨另一支农民起义军方腊之事，并且《折可存墓铭》所说的"继获"，是指折可存先剿灭方腊，接着又俘获宋江。宋江后俘当然不可能去"征方腊"。但当时人李若水《忠愍集·捕盗偶成》却写道："去年宋江起山东，白昼横戈犯城郭。杀人纷纷翦如草，九重闻之惨不乐。大书黄纸飞敕来，三十六人同拜爵。"是说宋江等三十六位将领投降后被封官爵。

历史上的宋江，作为一支农民起义军的领袖，曾经"横行齐、魏，官军数万无敢抗者"，这是铁的事实，所以他应该算是一位英雄。至于他后来的结局究竟是被杀了，投降了，投降后又再起义了，被招安了，招安后又去攻打另一支起义军了，都无法说清楚，那就"疑罪从无"吧。"起义领袖""农民英雄"，这是《水浒传》中宋江形象的基本依据。今人将《水浒传》改编成电影或电视剧，千万要把握这一基调，别丑化他。宋江的个人结局要让人感到惋惜，而不要令人痛恨。

宋江很帅，很威武

以下将直接谈谈《水浒传》中的宋江形象。《水浒》一百单八将，其首领宋江长得怎样？书中对他的基本定位又是如何？这一点必须准确理解。

《水浒传》第十八回，宋江第一次出场，作者写道：

> 眼如丹凤，眉似卧蚕。滴溜溜两耳垂珠，明皎皎双睛点漆。唇方口正，髭须地阁轻盈；额阔顶平，皮肉天仓饱满。坐定时浑如虎相，走动时有若狼形。年及三旬，有养济万人之度量；身躯六尺，怀扫除四海之心机。上应星魁，感乾坤之秀气；下临凡世，聚山岳之降灵。志气轩昂，胸襟秀丽。刀笔敢欺萧相国，声名不让孟尝君。

请注意，作者对宋江外貌的描写有三点：（一）眉清目秀，相貌端正，挺帅的一个"帅哥"，梁山上的颜值担当。（二）如狼似虎，威风凛凛，很酷的一位"酷小子"。（三）气宇轩昂，胸襟秀丽，挺有气质的一位"头儿"（虽然黑一些——但"黑"是梁山上的流行色；虽然矮了点——身长"不满七尺"，即不

宋江 戴宗

足一米七，但战国时的孟尝君、汉代的萧何也未必高到哪里去，更有春秋时的齐相晏婴"长不满六尺"哩）。这幅画像是一个"定格"，今人扮演宋江，千万别哭丧着脸，千万别踏着碎步，更千万别翘着屁股作奴才状！

书中又这样介绍宋江的为人：

> 那押司姓宋，名江，表字公明，排行第三，祖居郓城县宋家村人氏。为他面黑身矮，人都唤他做黑宋江；又且于家大孝，为人仗义疏财，人皆称他做孝义黑三郎。上有父亲在堂，母亲丧蚤；下有一个兄弟，唤做铁扇子宋清，……他刀笔精通，吏道纯熟；更兼爱习枪棒，学得武艺多般。平生只好结识江湖上好汉，但有人来投奔他的，若高若低，无有不纳，便留在庄上馆谷，终日追陪，并无厌倦；若要起身，尽力资助，端的是挥霍，视金似土。人问他求钱物，亦不推托；且好做方便，每每排难解纷，只是赒全人性命。如常散施棺材药饵，济人贫苦，赒人之急，扶人之困，以此山东、河北闻名，都称他做"及时雨"，却把他比做天上下的及时雨一般，能救万物。曾有一首《临江仙》赞宋江好处：

> 起自花村刀笔吏，英灵上应天星，疏财仗义更多能。事亲行孝敬，待士有声名。　　济弱扶倾心慷慨，高名冰月双清。及时甘雨四方称，山东呼保义，豪杰宋公明。

宋江的品质中也有三点值得注意：（一）热心慈善事业，

"常散施棺材药饵，济人贫苦，赒人之急，扶人之困"，是社会弱势群体的"及时雨"。（二）喜欢结识江湖好汉，为朋友两肋插刀，坚守正义，有社会责任感。（三）习枪弄棒，学得武艺多般，能冲锋陷阵，更能指挥万马千军。这是书中塑造宋江这一人物形象的基准线，今人在改编《水浒传》时，也不要因为宋江后来的投降而肆意丑化他。

宋江不猥琐，不卑鄙。他很帅，很威武，是真正的英雄！

义——宋江的精神名片

宋江的品质中，最重要的是一个"义"字。"义"是封建时代穷苦人民、被压迫群体之间互相帮助、互相扶持的一种行为方式。从社会学的角度看，也是处理人际关系的一个准则。《水浒传》中的宋江正是这样做的，下举数例：

如，北京大名府留守梁中书为孝敬岳父蔡太师，搜刮民脂民膏，打点十一担礼物，价值十万贯钱，为蔡太师祝寿，是为"生辰纲"。晁盖等人智取之，事发，官府巡检何涛正要捉拿，宋江得知消息，"离了茶坊，飞也似跑到下处"，"慌忙跳上马，……出得东门，打上两鞭，那马拨喇喇的望东溪村撺将去"。你看，作者笔下的宋江，为救朋友，"飞也似"跑出门，"慌忙"跳上马，"拨喇喇的"撺将去，那真是"舍着性命"来救晁盖。所以晁盖说："四海之内，名不虚传，结义得这个兄弟，也不枉了！"（十八回）可见，宋江为了同晁盖等人之间的"义"，是可以不顾政府公职人员的身份，"舍着性命"来做的，似此，江湖上的人怎不服他！

又如，武松在柴进庄上，身患疟疾，十分困顿，因而颇受冷落。但他一听说宋江的名字，便道："我虽不曾认的，江湖上久闻他是个及时雨宋公明；且又仗义疏财，扶危济困，是个

私放晁天王

天下闻名的好汉。""他便是真大丈夫，有头有尾，有始有终，我如今只等病好时，便去投奔他。"当他知道眼前人物便是宋江时，"跪在地下，那里肯起来！"而宋江，也十分同情、尊重武松，当即邀他同席喝酒，"酒罢，宋江就留武松在西轩下做一处安歇"，"过了数日，宋江将出些银两来与武松做衣裳"。当宋江帮武松治好病，并资助他回清河县看望哥哥时，"武松堕泪，拜辞了自去"。寻思道："结识得这般弟兄，也不枉了！"（二十三回）细读这一节，可以看出，在对待武松这个问题上，宋江比柴进更讲"义"气，更讲平等，两人高下分明，难怪江湖好汉那样看重宋江！

再如，《水浒传》第三十八回写宋江发配江州，神行太保戴宗把他介绍给李逵时，"李逵拍手叫道：'我那爷，你何不早说些个，也教铁牛欢喜。'扑翻身躯便拜"。清风山，锦毛虎燕顺见了宋江，跪在地上说："……小弟在江湖上绿林丛中走了十数年，闻得贤兄仗义疏财、济困扶危的大名，只恨缘分浅薄，不能拜识尊颜。今日天使相会，真乃称心满意。""仁兄礼贤下士，结纳豪杰，名闻寰海，谁不钦敬！"（三十二回）其他梁山好汉，也都是一听说宋江，便知"山东及时雨"的大名，一见宋江都是"纳头便拜"。倒不是因为宋江生得帅，长得酷，而是因为宋江的名字是江湖上的品牌，"仗义"是梁山英雄们的精神财富，大家正是冲着这个"义"字才聚集梁山（虽然各自有着不同经历），冲着这个"义"字才尊宋江为领袖。宋江虽不是最早上梁山的，但梁山好汉上山的历程中，绝大多数都有宋江直接或间接的影响。其中，在宋江上梁山之前，有晁盖等七星赖宋江仗义相救，踏上了梁山的土地；又有花荣、秦明、黄信、吕方、郭盛、燕顺、王英、郑天寿、石勇等九人直接持宋江"介绍信"上山；江州劫法场之后，跟随宋江上梁山的还有戴宗、李逵、张横、张顺、李俊、李立、穆弘、穆春、童威、童猛、薛永、侯建、欧鹏、蒋敬、马麟、陶宗旺等十六条好汉；此后的朱仝、徐宁、卢俊义、关胜等也是由宋江一手策划，拉到梁山上的。也就是说，梁山好汉中有三分之一的人是因宋江的直接关系而聚义，其他人也或多或少受宋江"义"的感召而来。所以，宋江对梁山的贡献是其他任何人都无法相比的，正如燕顺所说："梁山泊近来如此兴旺，四海皆闻。曾有人说道，尽出仁兄之赐。"这还是宋江上山之前的状况，宋江上山之后更不待言。"结识得这般兄弟，也不枉了"，是梁山好汉的共同心声，也是宋江精神魅力的真实写照。读《水浒》要体味这一点，改编《水浒》要突出这一点。

人与人之间的关系，是要用一定的原则来维系的，这原则无非"利"和"义"。因"利"相趋，处之日短；以"义"相聚，处之日长。见利忘义，人所不齿；以义当先，世风纯良。在梁山那个小社会里，好汉们正是聚集在以宋江为代表的"义"旗下，才有了兄弟间的平等和自由，才有了"官军数万无敢抗拒"的气势和力量。"义"是宋江的精神名片，也是古人的价值追求，同样应是今人的道德取向。

情——宋江的人格魅力

宋江不但以"义"服人，还以"情"感人，一个"情"字，充分展示了宋江的人格魅力。魏晋"竹林七贤"之一的王戎曾说："圣人忘情，最下不及情。情之所钟，正在我辈。"宋江不是圣人，也不是粗鄙之人，他是一位有血有肉的英雄。"从古真英雄必非无情者"（清沈德潜《古诗源》），他感情丰富，对战友、对亲人、对穷苦大众，都真心相待，至诚至信，所以个个亲近他，人人拥护他。

宋江重友情。宋江在柴进庄上初遇武松，后来送武松回乡，酒店送别，分手时，"武松堕泪，拜辞了自去，宋江和宋清立在酒店门前，望武松不见了，方才转身回来"（二十三回），后来再遇，宋江"邀武松同榻"，分手时"宋江洒泪，不忍分别，又分付武松道：'兄弟，休忘了我的言语，少戒酒性。保重，保重！'……转身望东，投清风山路上来，于路只忆武行者"（三十三回）。这里的描写颇有李白送孟浩然"孤帆远影碧空尽，惟见长江天际流"、岑参送武判官"山回路转不见君，雪上空留马行处"的意境，其情胜似手足。

宋江十分喜欢李逵的真率、粗豪，当他和戴宗、李逵三人来到琵琶亭酒馆喝酒时，他理解李逵酒量大，便吩咐酒保：

"我两个面前放两只盏子，这位大哥面前放个大碗。"宋江的细心令李逵十分感动："真个好个宋哥哥，人说不差了，便知做兄弟的性格，结拜得这位哥哥，也不枉了！"（三十八回）

《水浒传》中有处细节读者须注意，就是：每当有好汉上梁山时，如有家小，宋江总是周到地安排，救护其家小上山，所以众好汉都很感动，也就安心梁山事业了，这叫作既"以事业留人"，也"以感情留人"。

宋江重亲情。因怒杀阎婆惜，宋江亡命江湖途中，接到兄弟宋清家书，说是父亲亡故（其实是谎报），"宋江读罢，叫声苦，不知高低，自把胸脯捶将起来，自骂道：'不孝逆子，做下非为，老父身亡，不能尽人子之道，畜生何异！'自把头去壁上磕撞，大哭起来。燕顺、石勇拘住。宋江哭得昏迷，半晌方才苏醒"（三十五回）。听说父亲亡故，他捶胸顿足，磕头撞墙，"哭得昏迷"，这种发自内心的痛苦之状，不令当今某些弃亲虐亲，父母亡故，尸骨未寒，兄弟姊妹即争财夺产的不孝儿女们惭愧吗？

再看，宋江闹了江州，打了无为军，带领弟兄上了梁山，庆功筵上，想到自己被官府通缉，"不知老父在家，正是如何，……欲往敝乡去家中搬取老父上山。……若为父亲，死而无怨"（四十二回）。此类描写，书中颇多，因其与宋江和梁山兄弟的命运关联紧密，所以往往置于重要地位，给读者留下深刻的印象。

宋江至孝，此前常被学者批判为封建伦理道德，将个人私情置于革命事业之上。殊不知，"孝"是一种亲情，是感恩之心，是中华民族传统美德。一个人如果连父母都不爱，还谈什么爱他人、爱社会、爱国家！所以儒家说："老吾老，以及人之老；幼吾幼，以及人之幼"（《孟子·梁惠王上》）；道家提倡："以身观身，以家观家，以乡观乡，以邦观邦，以天下观天下"（《老子·五十四章》）。宋江重孝，是人之常情，也是为人的根本，他非但没有因此影响起义事业，反而赢得弟兄们的敬重。

宋江重人情。书中写到，阎公、阎婆、婆惜一家三口来山东投奔一个官人，却因无着而流落在郓城县。阎公死，阎婆母女无钱安葬阎公，宋江接济她们一口棺材、十两银子，本心是出于善念，济人贫苦，做的是慈善事业。后在媒人王婆的极力撮掇下，又由于宋江并无妻室，客居县城，才娶了阎婆惜（"典与宋江，做个外宅"），这不是乘人之危，而是显示了宋江对弱势群体的同情心和善良的品格。（谁知，阎婆惜恩将仇报，才有后来宋江杀惜，最后逼上梁山之事。宋江在这个问题上的失误，笔者后文专论，此不赘述。）

宋江落难江湖，准备投奔小李广花荣，经过清风山，清风山头领矮脚虎王英掳得清风寨知寨刘高的妻子，要她做压寨夫人。宋江道："但凡好汉犯了'溜骨髓'三个字的，好生惹人耻笑，……怎生看在下薄面，并江湖上'大义'两字，放她下山回去。……宋江日后好歹要与兄弟完娶一个，教你欢喜便了。小人并不失信。"（三十三回）（后来一丈青扈三娘上梁山，宋江做媒，将她许配王英。）在这个问题上，显示了宋江自己不贪女色，也反对别人贪色（燕顺也说："要贪女色，不是好汉的勾当。"），真是英雄情怀。（后亦被刘高之妻恩将仇报，宋江因此陷落官府之手。）梁山一百零八将中，只有小霸王周通、矮脚虎王英比较贪色，整个队伍作风还是比较正派的。

梁山大聚义之后，适逢元宵佳节，大家潜入京城看灯。当晚，宋江、柴进、燕青等人来到"和今上（徽宗）打得热的"

名妓李师师家。面对"芳年声价冠青楼，玉貌花颜是罕俦"的李师师，宋江心不动、神不移，"但是李师师说些街市俊俏的话，皆是柴进回答，燕青立在边头和哄取笑"。随后，"李师师低唱苏东坡大江东去词，宋江乘着酒兴，索纸笔来，磨得墨浓，蘸得笔饱，拂开花笺，……遂成乐府词一首，道是"：

> 天南地北，问乾坤何处可容狂客？借得山东烟水寨，来买凤城春色。翠袖围香，绛绡笼雪，一笑千金值。神仙体态，薄倖如何消得？　　想芦叶滩头，蓼花汀畔，皓月空凝碧。六六雁行连八九，只等金鸡消息。义胆包天，忠肝盖地，四海无人识。离愁万种，醉乡一夜头白。

直至宋徽宗"从地道中来至后门"，加上李逵在前门一闹，众人才离开。整个过程，宋江落落大方，并不轻浮，因为他担着政治使命，是个清醒的君子。

宋江重人情，关爱别人不分男女对象；理解别人的儿女情，自己却从不贪恋风情，是个正人君子。

重友情，重亲情，重人情，这些描写凸显了宋江的人格魅力，也使得宋江这一人物形象真实、可信，他虽是梁山第一头领，但读来亲切可感，并非"高、大、上"。

忠——宋江的社会理想

　　在评价宋江的时候，最具争议的是他的"忠"，是他只反贪官、不反皇帝，受了"招安"，被人唾骂。其实，这是值得商榷的。

　　须知，在中国漫长的封建时代，仁人志士的普遍价值观是：忠君报国，保境安民。将"忠君"与"报国"联系在一起，是因为在那个时代，人们认为君王是国家的象征。传统文化认为，"君君臣臣，父父子子"（孔子）；"岂余身之殚殃兮，恐皇舆之败绩"（屈原）；"惟歌生民病，愿得天子知"（白居易）；"精忠报国"（岳飞），等等，都认为君王是至高无上的。而人们报效祖国的途径，一是科举入仕，二是到边疆一刀一枪，马背上立功名："功名只向马上取，真是英雄一丈夫"（岑参），"当年万里觅封侯"（陆游）。这种功名观即为人生价值观，我们评价历史人物，不要简单地用"阶级"二字去分别要求社会成员。其实，无论什么时候，整个社会或者说人类社会，会有一些普遍的价值标准。既然我们可以用忠君爱国去衡量屈原、岳飞，为什么却反而不能理解宋江呢？难道我们可以期望宋江去推翻皇帝吗？即使他"杀去东京，夺了鸟位"，自己当了皇帝，不依然是一个万人唾骂的"最高地主头子"吗？要知道，在封建时代，农民革命的最终结果充其量是推翻一个坏皇帝而扶起一个好皇帝啊！

我们来看看宋江的政治理想：

宋江发配江州，有一次上浔阳楼来，喝了几杯酒，诗兴大发，在楼上题了一首《西江月》词和一首诗：

自幼曾攻经史，长成亦有权谋。恰如猛虎卧荒丘，潜伏爪牙忍受。　　不幸刺文双颊，那堪配在江州。他年若是报冤仇，血染浔阳江口。

心在山东身在吴，飘蓬江海谩嗟吁。他时若遂凌云志，敢笑黄巢不丈夫！（三十九回）

酒后吐真言，从诗词中可以看出，宋江的革命性是颇为坚定、强烈的，他作为梁山事业的领袖是当之无愧的。他有威望（仗义），能团结人（重情），有组织能力和军事指挥才能（他指挥的三打祝家庄战斗，是《水浒》中最经典的战例），是梁山事业的合适领袖。但他"自幼曾攻经史"，接受的是儒家思想教育，因而尽管他极力效法黄巢去反抗封建社会，却仍然突破不了儒家思想的束缚。他与封建社会的矛盾有个人恩怨的成分（"不幸刺文双颊，那堪配在江州"），因而要寻一己之仇（"他年若是报冤仇，血染浔阳江口"），但他也有人生的"凌云壮志"，那就是"去边上（边疆），一刀一枪，博得个封妻荫子，久后青史上留一个好名"（三十二回），"共存忠义于心，同著功勋于国，替天行道，保境安民"（七十一回）。他"敢笑黄巢不丈夫"的含义是很复杂的：既有羡慕并希望超越黄巢、向不合理的社会宣战的一面，也有胸怀"忠君报国"理想、不以黄巢起义为然的一面。其实，宋江上梁山是被逼无奈的。但既然反了，也就豁出去了，这是他革命性的一面。然而，他时时盼望朝廷招安，招安了，也就回到"忠君报国"人生理想的正常轨道上来了。所以，作为梁山农民军的领袖，宋江接受圣旨招安，只能以悲剧视之，他是一个功过参半的人。

宋江从"忠君报国"的理想出发，最终接受招安，是时代的局限性。你不能期望宋江推翻皇帝，历史上的宋江做不到，小说中的宋江做不到，小说的作者也做不到，因为那是封建时代，不可能诞生一个超越历史时期的有新思想的彻底革命者！

善将将——宋江的梁山管理策略

坐稳梁山第一把交椅可不是件容易的事情。梁山上人才济济：公孙胜有通天彻地之能，吴用有神鬼莫测之机，武松、鲁达有拔山扛鼎之力，花荣、张清有箭无虚发之神，关胜、林冲有万夫不当之勇……手下一帮小兄弟个个也都是杀人放火的好汉。

而宋江只是一介县衙小吏出身，论武艺，他虽能弄一下枪棒，但在梁山绝对排不上号；论排兵布阵乃至呼风唤雨，更不是吴用、公孙胜等人的对手。就这么一个看似文不能安邦、武不能定国的人，却统领了梁山一百零八位英雄首领和数以万计的兵马，他是靠什么赢得这样的地位呢？又是如何带领梁山众好汉取得一个又一个胜利的呢？

宋朝的传统是以文官统领武事，说到文官，当然得拜一拜孔、孟两位老祖宗了。北宋开国宰相赵普曾有"半部《论语》治天下"一说，可见儒家思想之高深。"自幼曾攻经史"的宋江，深谙儒家之道，也正是靠着这些思想来实施管理的。

宋江的策略首先是以"仁"为原则。"仁"是儒家伦理哲学的中心范畴与最高道德准则，《礼记·中庸》说"仁者人也"，《孟子·离娄下》说"仁者爱人"，也就是说，"仁"的核心就是重视"人"。从以人为本的思想出发，就要求以"仁"为核心来进行管理，作为梁山第一头领，更应如此："君仁，莫不仁；君义，莫不义。"（《孟子·离娄下》）坚定地举起"仁"的伦理旗帜，就保证了宋江的领袖地位。

"仁"的内容包含丰富，对家庭内部而言，要讲究孝悌。《水浒传》里说宋江"于家大孝"，在上梁山途中，听说父亲病故，悲恸万分，以头撞墙以至昏厥；上梁山后首先要接家人同来，让父亲安度晚年，这孝行连粗汉李逵都受了感动，大叫"偏俺铁牛是石头缝里蹦出来的？"也要回乡去接老母亲上山享福。宋江通过行孝树立了符合传统道德观念的形象，使自己高出常人，跻身于道德楷模的行列。

宋江对朋友关怀备至，也充分体现了"仁者爱人"。他在柴进庄上结识了落魄的武松，当时的武松身患伤寒，又因为脾气暴躁得罪了柴进的庄客，大冬天一个人蜷缩在走廊里用铁锨烤火取暖。宋江毫不嫌弃，送衣问药，临别时又远送武松十里，还赠金十两，"望武松不见了，方才转身回来"。作为梁山领袖，凡新头领上山，宋江必定屈节下拜，给予格外的尊重，使这些人的自尊心得到了极大的满足，很快融入这个群体中，主动要求承担任务，个人的主动性得到了极大的发挥。还有另外一个佐证：《水浒》中有一个人物叫神医安道全，他的地位是比较突出的，神医就是救死扶伤，在以往的英雄传奇中，很少看到这类人物形象，而《水浒》专门设置了这个人物，本身就体现了以人为本、尊重生命的思想。

宋江用人的第二个特点是以"义"为核心。梁山在晁盖初创时期，议事会议室叫"聚义厅"，宋江上山后，改名称作"忠义堂"。后世学者们都在研究把"聚义"改作"忠义"体

安道全 皇甫端

现了什么意思，但无论怎样诠释、推测、批判，有一点是值得注意的，那就是，两个词中的"义"字始终没有改动。"义"首先表现在个人魅力上，宋江被称作"及时雨"自不待言，在梁山的其他人身上，"义"也表现得很充分。像鲁智深，为了一个"义"字，毫不犹豫地抛弃了几经波折得来的稳定生活，甘愿冒着得罪当朝太尉高俅而被再次通缉的危险，一路护送林冲到沧州。再如石秀，为了维护结义兄弟杨雄，甘愿自己饱受误解、委屈却不申辩，坚持揭露潘巧云背叛杨雄的事实真相。在这个群体中，当每个人都以"义"作为一种行为方式的时候，"义"就上升为一个处世的原则、一种精神了。宋江在梁山上，自己以"义"为先，又重用有"义"气的兄弟，还悬挂匾额，张扬旗帜，营造一种"义"的气场，让梁山的好汉群体依靠"义"所产生的凝聚力团结在一起，而这种团结又产生了巨大的力量。这种力量不仅成为领袖的威慑力，也成为团队内部的向心力，更是一股使"官军数万不敢抗拒"的战斗力。

宋江用人的第三个特点是以"礼"为基础。当梁山事业节节胜利、梁山好汉已达一百零八人之多的时候，宋江采取了一个重大举措——重新排座次。第七十一回"忠义堂石碣受天文，梁山泊英雄排座次"，表面上看是梁山泊英雄齐聚，"上天"揭示了他们前世今生的"秘密"，实际上是宋江通过这个活动，确立梁山长幼尊卑秩序，建立有效的管理体制。以"义"为凝聚力形成的团体，固然个人之间关系比较密切，但是带来的问题也是很明显的，这就是许多个人的要求不好回绝。要知道梁山的英雄豪杰都很有个性，都不愿接受太多的约束，宋江很清醒地认识到了这一点，所以借助"上天"的安排，通过排座次的形式，按天罡、地煞分出正将、偏将，其功

石碣受天文

劳大小、本领高下、地位主次，一目了然。最重要的是借此宣布了军纪："诸多大小兄弟，各各管领，悉宜遵守，毋得违误，有伤义气。如有故违不遵者，定依军法治之……"把梁山团队的内部关系，由家庭关系调整为制度关系。

"礼"是儒家伦理道德思想的外化，通俗地说，就是儒家各种道德标准在言行举止上的具体要求，用以协调人际关系的行为规范，缺乏这一点，个人就不能立身处世，事业就不可能获得发展和进步。一味强调人情味，必定会导致原则的丧失、管理制度的崩溃，使整个团队失去必要的约束，而重视"礼"的建设，却可以叫人"发乎于情，止乎于礼"。所以，一个团队，一个集体，人际关系也许是亲族、战友、同乡、同学，但都不足以取代规范的以"礼"为基础的制度管理，宋江主导下的梁山泊英雄排座次是极好的启示。

宋江用人的第四个特点是讲求权变。梁山农民军是一个特殊的群体，它由江湖好汉啸集而起，最后又转变成为在编的国家军队。在这个特殊群体中，一直流行着两套道德标准，一是社会正统的，一是江湖好汉的。社会正统道德要求以法律、制度为准绳，社会各色人等一概遵从，在法律、规范的要求下生活，任何人不得突破。但"侠以武犯禁"，梁山好汉大多崇尚武力，犯禁之事自然难免，且江湖好汉讲究快意恩仇，杀人放火习以为常，像黑旋风李逵好乱杀，上阵杀敌，往往杀昏了头，不光不优待俘虏，甚至连自己的人也杀，搞得有时候自己的士兵都不敢靠他太近，乃至"抡起板斧来排头砍去，而所砍的是看客"（鲁迅《流氓的变迁》）。这在军队里面是绝对不容的。坚持原则又不放弃权变，宋江交替使用"义""礼"、法纪，在其中游刃有余，才把一帮江湖豪杰治理得服服帖帖。他善于因

赏马步三军

人而异实施管理，充分尊重以人为本的管理原则。例如，对李逵、三阮等施之以威（李逵是被宋江骂得最多的人），对王英、花荣等动之以情，对林冲、董平等约束以纪，对武松、张顺等交之以义，对卢俊义、关胜等处之以重，在坚持原则的基础上，又适当加以区别对待。孟子曰："嫂溺，援之以手者，权也。"儒家本来就不是那么死板的，宋江管理一个成员复杂的队伍，也是颇费心机的。

宋江用人的第五个特点是知人善任。用人不疑是常人很难做到的，《水浒传》第六十七回"宋江赏马步三军，关胜降水火二将"中，刚上山的关胜请缨去擒捉单廷珪、魏定国，吴用对宋江说："关胜此去，未保其心。可以再差良将，随后监督，就行接应。"宋江道："吾看关胜义气凛然，始终如一，军师不必多疑。"放关胜这样一个勇武超群且出身旧军官的人带五千兵马下山，危险性是很大的，且不说关胜可能掉过头来攻打山寨，就是带这些人投降朝廷，那也是梁山事业的巨大损失。可是宋江不但信任关胜，而且坚信关胜能够取胜，是此战最合适人选，后来的胜利充分证明了宋江决策的正确。《水浒传》中这样的事例很多，并且也多次取得了成功。如，宋江要去东京走枕边路线交好李师师，选择的公关人选是燕青。燕青从小在卢俊义这样的大户人家受到熏陶，待人接物温文尔雅，善于揣摩别人的心思，本身又相貌英俊、多才多艺，对主人忠心不二，处事时胆大心细。而相貌堂堂的武松、风流才子董平等都因为综合得分不如燕青而被放弃：武松太傲，会根本不拿李师师当回事，董平擅情，也许把持不住去和李师师谈情说爱，只有燕青才是最佳人选。在这件事情上，不能不说宋江识人眼力高超，能充分认识手下人才的差异性，统筹安排，让那些具有某种才能的人处于最合适的岗位上。

一个成功的统帅，绝不是某个机遇偶然造就的，他必定有过人的长处，能够洞悉人情世故、体察个人心理、严守外圆内方。读《水浒》，看宋江领驭群雄，会联想到当年韩信说刘邦"不善将兵而善将将"（虽不善于统领士兵，但善于管理将领）的话，宋江亦堪其论矣。

英雄救美休图报——宋江杀惜的教训

"杀惜"是宋江人生命运变化的一个转折点，以此为分界线，他由一个家境富足的"国家公务人员"转而沦为一名罪犯，从此走上了流亡、战乱的生活，竟至最后接受招安、为朝廷南征北战，虽战功卓著却被毒死。所以，"宋江杀惜"值得一谈。

《水浒传》第十八回写到，宋江"于家大孝，为人仗义疏财，……父亲宋太公在村中务农，守些田园过活。这宋江自在郓城县做押司。他刀笔精通，吏道纯熟；更兼爱习枪棒，学得武艺多般。……且好做方便，每每排难解纷，只是阋全人性命。如常散施棺材药饵，济人贫苦，阋人之难，扶人之困"。这段描述大致勾勒出宋江的身份、性格以及生活环境。

再看"宋江杀惜"事件中的另一主人公阎婆惜。用阎婆惜母亲阎婆的话说，"我这女儿长得好模样，又会唱曲儿，省得诸般耍笑"，是一个风月场上的高手。这家人在东京混不下去，到山东投亲不着，又不幸死了父亲，失去了生活的依靠，连办丧事的棺木、费用都没有着落，穷困到了极点。

宋江本来有一副侠义心肠，平素又热心慈善事业，看见眼前发生这样的事情，哪能不关心、不救助？于是先为阎公张罗了一具棺木，然后主动关心有没有办丧事的费用，还给了十两银子，感动得阎婆赌咒发誓："便是重生的父母，再长的爷娘，做驴做马，报答押司。"

假如事情到此为止，宋江的光辉形象还是十分高大完美的，可惜郓城县有一个做媒的王婆，凭借她"撮合山的嘴"，让宋江"在县西巷内，讨了一所楼房，置办些家伙什物，安顿了阎婆娘儿两个"，"宋江夜夜与婆惜一处歇卧"，也就是包养阎婆惜为"外宅"。宋江把自己"重生的父母、再长的爷娘"身份降低两辈，做了阎婆的"女婿"，在一段浪漫旖旎的序曲里，为命运的转折埋下了祸根。

阎婆央求王婆撮合宋江包养自己的女儿阎婆惜，目的非常明确。她表面上说是为了报答宋江，实际上是希望宋江为她养老。阎婆看中宋江性格好、有稳定职业、生活富裕这些条件，最终达到了自己的目的。宋江收阎婆惜为"外宅"，虽有王婆在其中所起的作用，但主要原因也还在他本身。不可否认的是，宋江认为自己周济了阎婆一家，这一家应当和自己比较贴心，再加上宋江年及三十尚未婚娶，对花前月下、莺语解颐的生活自然有一种向往，而由于阎婆惜的身份、地位低下（流落风尘的卖唱女子），做不得正室，收下来做个"外宅"（小妾）正好，于是英雄美女凑合到一起，成就了一段英雄济危救困、美女以身相许的"佳话"。

宋江救美本来是一件很高尚的事情，结果没能抵抗住诱惑，把一个十八九岁的美女纳为"外宅"，破坏了自己的形象不说，还因为与阎婆惜没有感情基础、夫妻生活冷淡，让自己陷入一个尴尬的境地：与阎婆惜对面相处也是"没做道理处，口里只不做声，肚里好生进退不得"。最后因阎婆惜红杏出墙，

怒杀阎婆惜

且拿住宋江私通梁山"劫匪"晁盖的证据而进行要挟，导致宋江杀死阎婆惜，酿成人命案。

宋江杀惜的故事本身，读者十分熟悉，毋需赘述，倒是其中教训值得一谈。宋江做出这件伤人命的事，有一个很关键的字，那就是"怒"，第二十一回回目上写有"虔婆醉打唐牛儿，宋江怒杀阎婆惜"。分析宋江的"怒"，应该来源于两个方面：一个是阎婆惜一家本来就是自己所救，如今不仅不思报答，反而恩将仇报；第二就是阎婆惜私通小张三，让自己做了最没面子的男人，破坏了自己的高大形象。除了"怒"以外，还有一个是恐惧。宋江"平生只好结识江湖上的好汉"，而且还"只是赒全人性命"。从官府的角度看，他这是结交不法之徒，帮人家走后门减轻罪名，把自己搞成了黑势力的保护伞，这是致命的罪过。宋江是县衙的押司，是从事司法工作的人，深知给劫取生辰纲的晁盖通风报信是什么罪名，这将使自己和整个家族陷于万劫不复的灾难之中。所以在这样复杂的感情冲突之下，一刀杀了阎婆惜，瞬间毁了自己"养济万人""扫除四海""尽忠报国"的平生理想。因此，不冷静，不善于制怒，冲动而酿大过，是宋江杀惜的第一个教训。

其实，《水浒传》中救美的英雄还有两位，一个是鲁智深先救金翠莲、再救桃花庄刘太公之女，还有一个是武松救蜈蚣岭被掳少妇。这两次相救，都是以赍发银两作为了结，没有留下任何感情纠葛，而且鲁智深在走投无路时还得到了金翠莲的帮助。究其原因，是鲁智深和武松都把救助作为一个过程，丝毫没有把自己掺和到被救助对象的生活里面去，始终以一个英雄的面目出现，掌握着救助的度，把握着生活的主动权，他们的行为方式迥异于宋江。

　　我们设想一下，如果宋江和阎婆惜之间的故事，只发展到宋江资助阎婆惜银两，帮助她安葬父亲截止，那他在江湖上的美誉度还可以得到进一步的提高，及时雨的善行榜上又可以增添光彩的一笔。但是包养了阎婆惜，就不免有市恩之嫌，从《水浒传》的记载来看，宋江本人确有这点想法的。在生活中，他习惯于让阎婆惜给他"赔话""相伴耍笑"，自己坐收一份温柔享受；而一旦阎婆惜不肯，他也就表现得非常冷漠，以显示自己身份地位的高贵。可惜他没有看清楚，他自己已经和阎婆惜是一家人了，两者的身份和社会地位业已拉平，他因为救美而产生的心理优越感，在阎婆惜的心中已经淡化了。而在同居后的阎婆惜看来，宋江的"恩"已经报答了，他眼下只是一个不懂风月的莽汉。这样巨大的心理落差和变化，是宋江不能够忍受但却无法改变的。可以这样说，以恩人自居，不了解眷属的心理变化，没有协调好"家庭"关系，是导致宋江"杀惜"的第二大教训。

　　中国文化中的中庸之道，讲究"执其两端而用其中"，要能把握事物的两个极端，而让事物在中间可以掌控的范围内运行。宋江在对待男性朋友这一方面做得是很成功的，赢得了江湖上朋友们的一致拥戴。但是在对待女性这一方面，他却非常失败。阎婆惜是一个例子，后来救刘知寨恭人又是一个例子，他救了刘知寨的老婆，对方却指认他为山大王而出卖至官府。这两次都是救了人却被自己所救的人害了，令人感叹之余不禁好笑，为什么这样一个聪明的人物总在救助女性方面犯下错误。此外，宋江还有另外一种错误，同样犯在救助女性方面。《水浒》中著名女将"一丈青"扈三娘，本是梁山俘虏，宋江三打祝家庄，剿灭了扈三娘未婚夫全家，宋江饶了扈三娘一命，还把她寄在自己老父亲膝下做了干女儿。但后来宋江却把扈三娘送给武功平庸、相貌丑陋、品行不端的王英为妻，这可以说是先"救"了她，后"害"了她，令人扼腕。

可见，如何正确地掌握帮助别人的方法，控制好帮助别人的尺度，尤其是处理好与被救女人的关系，是一个不容忽视的问题，也是一种做人的技巧。救人须救彻，行义休图利，救美千万别图回报，这才是真汉子、大丈夫的作为。

宋江——起义事业上的好汉，处理异性关系中的庸夫！

粗人李逵需细读

在中国，无论长幼，几乎无人不知李逵。李逵在人们心目中的形象是：忠诚、勇敢，两把板斧容不得邪恶，但他粗鲁、暴躁，有勇无谋。《水浒传》中的李逵究竟是个什么样子？我们该怎样正确认识李逵的形象？这些是本次要聊的话题。

认识李逵，有两个要领：

（一）李逵的形象不只是小说《水浒传》中的李逵，更不只是当代影视作品中那个粗俗的李逵，他是一个历史的形象。早在宋代、元代，话本小说、杂剧中，李逵的形象已有一个基本模型、主导性格。了解李逵形象的演变，有助于了解《水浒传》中的李逵，因为这一人物形象有太多的历史积淀，读懂李逵，不妨结合一些李逵戏目来读。

（二）李逵的性格粗豪朴直，但《水浒》作者描写他却不粗糙，是很细致、用心的。李逵是《水浒》中描写得最成功的人物之一。要读懂李逵，需细细体味、揣摩作者的艺术匠心。

李逵是个什么样的人呢？《水浒传》第三十八回这样介绍他：

……牢里一个小牢子，姓李，名逵，祖贯是沂州沂水县百丈村人氏。本身一个异名，唤做黑旋风李逵。他乡中都叫他做李铁牛。因为打死了人，逃走出来，虽遇赦宥，流落在此江州，不曾还乡。为因酒性不好，多人惧他。能使两把板斧，及会拳棍，现今在此牢里勾当。有诗为证：

> 家住沂州翠岭东，杀人放火恣行凶。
>
> 不搽煤墨浑身黑，似着朱砂两眼红。
>
> 闲向溪边磨巨斧，闷来岩畔研乔松。
>
> 力如牛猛坚如铁，撼地摇天黑旋风。

第五十三回，戴宗也曾向罗真人介绍说："……李逵虽然愚蠢，不省理法，也有些小好处：第一，耿直，分毫不肯苟取于人；第二，不会阿谄于人，虽死，其忠不改；第三，并无淫欲邪心、贪财背义，敢勇当先。因此宋公明甚是爱他。"

上述描写可以看出，李逵卑贱的出身和粗黑的相貌之中，包含着非常可贵的品质，那就是：

一、忠诚而有原则。读者都知道，李逵最大的优点是忠诚。他忠诚于领袖，开口闭口都是"俺宋江哥哥"；忠诚于梁山事业，容不得任何人玷污"替天行道"四个字。

但是，李逵的忠并不只是服从，也有抗争（敢于依据原则进行抗争也是一种忠诚）。重阳佳节，"菊花会"上，众英雄都喝醉了，宋江乘着酒兴，填了一首《满江红》词：

> 喜遇重阳，更佳酿今朝新熟。见碧水丹山，黄芦苦竹。头上尽教添白发，鬓边不可无黄菊。愿樽前长叙弟兄情，如金玉。统豺虎，御边幅。号令明，军威肃。中心

赏菊集群英

愿，平虏保民安国。日月常悬忠烈胆，风尘障却奸邪目。望天王降诏，早招安，心方足。（七十一回）

词中透露了宋江希望朝廷招安的意愿，而当乐和唱这首词的时候，"只见武松叫道：'今日也要招安，明日也要招安，去（却）冷了弟兄们的心！'黑旋风便睁圆怪眼，大叫道：'招安，招安，招甚鸟安！'只一脚，把桌子踢起，颠为粉碎"。这一段描写，充分展示了李逵对梁山事业的忠诚和革命原则性。谁要出卖梁山事业，哪怕是他最尊敬的兄长，他也会痛骂！这便是著名的大闹菊花会，"招安，招安，招甚鸟安"成为最典型的李逵语言，个性十足，撼人心魄。

还可举一例。梁山英雄元宵节大闹东京，李逵和燕青后归，途中借宿刘太公庄，刘太公哭诉其独生女儿被"梁山宋江"带着一个"小后生"抢走了。李逵听了，不问底细，"径望梁山泊来，路上无话，直到忠义堂上。宋江见了李逵、燕青回来，便问道：'兄弟，你两个那里来？错了许多路，如今方到。'李逵那里答应，睁圆怪眼，拔出大斧，先砍倒了杏黄旗，把'替天行道'四个字扯做粉碎，众人都吃一惊，宋江喝道：'黑厮又做甚么？'李逵拿了双斧，抢上堂来，径奔宋江。诗曰：

梁山泊里无奸佞，忠义堂前有诤臣。
留得李逵双斧在，世间直气尚能伸。

当有关胜、林冲、秦明、呼延灼、董平五虎将，慌忙拦住，夺了大斧，揪下堂来。宋江大怒，喝道：'这厮又来怪！你且说我的过失。'李逵气做一团，那里说得出"。燕青说明原委，李逵不依不饶地对着宋江愤愤骂道："我闲常把你当做好汉，你原来却是畜生！你做得这等好事！"（七十三回）后来虽然弄清了是一场误会，李逵也向宋江负荆请罪了，但砍倒杏黄旗正说明李逵维护杏黄旗纯洁性的铁的原则！

后来，当朝廷派太尉陈宗善带着皇帝的诏书到梁山招安，"萧让却才读罢，宋江已下皆有怒色。只见黑旋风李逵从梁上跳将下来，就萧让手里夺过诏书，扯的粉碎，便来揪住陈太尉，拽拳便打"。李逵并且指着朝廷官员骂道："你那皇帝，正不知我这里众好汉，来招安老爷们，倒要做大！你的皇帝姓宋，我的哥哥也姓宋，你做得皇帝，偏我哥哥做不得皇帝！你莫要来恼犯着黑爹爹，好歹把你那写诏的官员，尽都杀了！"（七十五回）可以看出，李逵坚持革命原则性在梁山众好汉中是最为突出的。

二、粗鲁而有真情。李逵个性粗鲁、急躁，这在《水浒》中有许多细节描写，例如：他吃鱼，"也不使箸，便把手去碗里捞起鱼来，和骨头都嚼吃了"。"李逵嚼了自碗里鱼，便道：'两位哥哥都不吃，我替你们吃了。'便伸手去宋江碗里捞将过来吃了，又去戴宗碗里也捞过来吃了，滴滴点点淋一桌子汁水。"他劫法场时是"抢两把板斧，一味地砍将来"，"不问军官百姓，杀得尸横遍野，血流成渠"。

但是，李逵也是一个感情丰富细腻、品性纯真可爱的人：

初见宋江，李逵并不认识他。于是——

　　李逵看着宋江问戴宗道："哥哥，这黑汉子是谁？"戴宗对宋江笑道："押司，你看这厮恁粗卤，全不识些体面。"李逵便道："我问大哥：怎地是粗卤？"戴宗道："兄弟，

四路劫法场

你便请问这位官人是谁便好，你倒却说'这黑汉子是谁'，这不是粗卤，却是甚么？我且与你说知：这位仁兄，便是闲常你要去投奔他的义士哥哥。"李逵道："莫不是山东及时雨黑宋江？"戴宗喝道："咄！你这厮敢如此犯上，直言叫唤，全不识些高低，兀自不快下拜等几时？"李逵道："若真个是宋公明，我便下拜；若是闲人，我却拜甚鸟！节级哥哥，不要瞒我拜了，你却笑我。"宋江便道："我正是山东黑宋江。"李逵拍手叫道："我那爷，你何不早说些个，也教铁牛欢喜。"扑翻身躯便拜。（三十八回）

一声"我那爷"的呼唤，发自内心；一个"扑翻身躯便拜"的动作，顿显惊喜莫名之状。李逵这人物多么纯朴！多么率真！

上梁山之后不久，公孙胜回去接老母亲，众头领送过金沙滩回来——

却待上山，只见黑旋风李逵就关下放声大哭起来。宋江连忙问道："兄弟，你如何烦恼？"李逵哭道："干鸟气么！这个也去取爷，那个也去望娘，偏铁牛是土掘坑里钻出来的。"晁盖便问道："你如今待要怎地？"李逵道："我只有一个老娘在家里。我的哥哥，又在别人家做长工，如何养得我娘快乐？我要去取他来这里快乐几时也好。"（四十二回）

李逵因为想娘而哭，后来回乡接老母亲，母亲却被老虎吃了，李逵又"大哭了一场"。作者在这里用相反相成的手法，大写李逵这样一个钢铁汉子却像孩童般啼哭，更突出了李逵的纯真！其孝心足可感动天地！

还有一个情节尤其值得注意，李逵回乡接母亲，途中遇到假冒李逵名字的剪径强人李鬼——

> 李逵道："叵耐这厮无礼，却在这里夺人的包裹行李，坏我的名目，学我使两把板斧，且教他先吃我一斧。"劈手夺过一把斧来便砍，李鬼慌忙叫道："爷爷杀我一个，便是杀我两个。"李逵听得，住了手问道："怎的杀你一个，便是杀你两个？"李鬼道："小人本不敢剪径，家中因有个九十岁的老母，无人养赡，因此小人单题爷爷大名唬吓人，夺些单身的包裹，养赡老母。其实并不曾敢害了一个人。如今爷爷杀了小人，家中老母，必是饿杀。"
>
> 李逵虽是个杀人不眨眼的魔君，听的说了这话，自肚里寻思道："我特地归家来取娘，却倒杀了一个养娘的人，天地也不佑我。罢，罢！我饶了你这厮性命。"放将起来，李鬼手提着斧，纳头便拜。李逵道："只我便是真黑旋风，你从今已后，休要坏了俺的名目。"李鬼道："小人今番得了性命，自回家改业，再不敢倚着爷爷名目，在这里剪径。"李逵道："你有孝顺之心，我与你十两银子做本钱，便去改业。"李逵便取出一锭银子，把与李鬼，拜谢去了。

(四十三回)

当假李逵为了"家中老母"而求真李逵饶命时，真李逵寻思："我特地归家来取娘，却倒杀了一个养娘的人，天地也不佑我。罢！罢！"于是放了假李逵，还资助其一锭银子，李逵的善良读者还可以对照元杂剧《李逵负荆》中"李逵下山"一节：

> （李逵唱）〔混江龙〕可正是清明时候，却言风雨替花
> 愁。和风渐起，暮雨初收。俺则见杨柳半藏沽酒市，桃花
> 深映钓鱼舟，更和这碧粼粼春水波纹绉。有往来社燕，远
> 近沙鸥。〔云〕人道我梁山泊无有景致，俺打那厮的嘴！
> 〔唱〕
>
> 〔醉中天〕俺这里雾锁着青山秀，烟罩定绿杨洲。〔云〕
> 那桃树上一个黄莺儿，将那桃花瓣儿叼阿叼阿，叼的下
> 来，落在水中，是好看也。我曾听的谁说来，我试想咱：
> 哦！想起来了也，俺学究哥哥道来。〔唱〕他道是"轻薄
> 桃花逐水流"。〔云〕俺绰起这桃花瓣儿来，我试看咱，
> 好红红的桃花瓣儿。〔做笑科，云〕你看我好黑指头也！
> 〔唱〕恰便是粉衬的这胭脂透。〔云〕可惜了你这瓣儿，俺
> 放你趁那一般的瓣儿去。我与你赶，与你赶，贪赶桃花瓣
> 儿，〔唱〕早来到这草桥店垂杨的渡口。〔云〕不中，则怕
> 误了俺哥哥的将令，我索回去也。〔唱〕待不吃呵，又被
> 这酒旗儿将我来相迤逗。他、他、他舞东风在曲律杆头。

这一段描写十分精彩，一个不识字的粗人，看梁山的风景，从
内心喊出："人道我梁山泊无有景致，俺打那厮的嘴！"双手
从水中绰起一瓣桃花，竟自嘲"我好黑指头也"，别污了"好
红红的桃花瓣儿"，又把它放入水中。这里，李逵半粗半细，
似呆似慧，相反相成，形影如现，充分显示了内心热爱梁山一
草一木，多情、细致的一面。这一点，在《水浒传》中同样反

映出来了。

三、**勇敢而有智慧**。李逵"不怕刀斧箭矢"，其勇敢在《水浒》英雄中最为突出。但是，李逵其实也颇有心计，并不愚笨。例如高唐州知府高廉的妻舅殷天锡仗势欺人，要霸占柴进叔父的屋产——

> 李逵听了，跳将起来说道："这厮好无道理！我有大斧在这里，教他吃我几斧，却再商量。"柴进道："李大哥，你且息怒，没来由，和他粗卤做甚么？他虽是倚势欺人，我家放着有护持圣旨，这里和他理论不得，须是京师也有大似他的，放着明明的条例，和他打官司。"李逵道："条例，条例，若还依得，天下不乱了！我只是前打后商量。那厮若还去告，和那鸟官一发砍了。"（五十二回）

在这里，聪明的柴进在邪恶势力面前坚信自己家的"丹书铁券"可以作护身符（柴进是后周皇族，赵匡胤夺了后周政权，"过意不去"，给了后周皇族一些"特权"），显得有些天真、冬烘、愚蠢，反倒是"粗卤"的李逵对"条例"的认识如此清醒，真个是粗中有细。

又如李逵为寻找公孙胜，不幸落入蓟州府牢中，但他却装疯弄神，让牢里禁子服侍他，显出了他的小智慧，亦十分可爱：

> 李逵来到死囚狱里，说道："我是直日神将，如何枷了我？好歹教你这蓟州一城人都死。"那押牢节级、禁子，都知罗真人道德清高，谁不钦服，都来问李逵："你端的

是甚么人?"李逵道:"我是罗真人亲随直日神将,因一时有失,恶了真人,把我撇在此间,教我受此苦难,三两日必来取我。你们若不把些酒食来将息我时,我教你们众人全家都死。"那节级、牢子见了他说,倒都怕他,只得买酒买肉请他吃。李逵见他们害怕,越说起风话来。牢里众人越怕了,又将热水来与他洗浴了,换些干净衣裳。李逵道:"若还缺了我酒食,我便飞了去,教你们受苦。"牢里禁子只得倒陪告他。(五十三回)

一个貌似粗笨的人却会使一些心计,这是他性格的另一面,颇有喜剧效果,足见李逵这个人物是需要细读的,而且,越品越有滋味,越读越能获得审美上的愉悦!

李逵三哭

读《水浒》，许多人不喜欢宋江，别的不说，单是宋江身为一百零八条好汉的头头，堂堂梁山之主，居然动不动就大哭，甚至哭昏在地，这让信奉"男儿有泪不轻弹"的现代人很是无法理解。不过，一本专写好汉的《水浒》，给我们呈现的"好哭佬"可不止及时雨宋公明一个，就连粗鲁悍烈的李逵，也多次大哭，我们姑且称之为"三哭"，那场面与人物性格的反差，给人留下极深的印象。

一哭为孝

李逵为孝，哭了两次。第一次大哭，是在第四十二回，宋江探父归来，公孙胜告假回家探母之后，众头领席散，待上山，只见黑旋风李逵就关下放声大哭起来。李逵这样一个黑汉子大哭，这哭声想来应该是够震撼的，不能不引来一众英雄问其缘由，李逵连哭带嚷："你们这个去取爷，那个去望娘，难道就我铁牛是土掘坑里钻出来的不成？"

原来，李逵因杀人潜逃，已经离家多年，因畏惧官府追捕，多年无法回去，如今反正已经明目张胆跟官府对着干了，于是想起了老娘，思念，担忧，焦虑，一时涌上心头，故而大哭。李逵这一哭，源乎孝也。

　　李逵之孝，孝得赤诚，所以又有了第四十三回李逵遇李鬼这一千古典故。如前章所述，李逵回乡探母，路遇一个假冒其姓名的人李鬼，照理说，以李逵烈火烹油般的性格，遇见敢对自己拦路抢劫的山贼李鬼，还不举起两把板斧，一劈了事？更何况对方还假冒了自己名姓，玷辱了自己名目？可是，李逵这次却斧下留人，不仅留人，而且还给了对方一锭银子，为何？不过是为着李鬼那拙劣的求饶词：上有九十老母，杀我一个等于是杀了俩啊。这段求饶词的经典就像它的不合逻辑一样闻名遐迩。偏偏李逵信了他，理由简单至诚：我此行是去接母亲来孝顺的，怎可以坏了别的孝顺之人？

　　可惜，这一善念并未得着好报，李鬼不过是假话连篇，并最终再次谋害李逵不说，李逵此行的最终目的——接母亲上梁山，以便膝下尽孝——亦未达成。

　　接母一场，李逵孝悌之情拳拳。他以善意的谎言——做了官，能尽孝，来回应母亲的困惑；以慷慨的馈赠，面对哥哥的责骂与举报：

　　　　（李逵）径奔到家中，推开门，入进里面，只听得娘在床上问道："是谁入来？"李逵看时，见娘双眼都盲了，坐在床上念佛。李逵道："娘，铁牛来家了！"娘道："我儿，你去了许多时，这几年正在那里安身？你的大哥只是在人家做长工，止博得些饭食，养娘全不济事！我时常思量你，眼泪流干，因此瞎了双目。你一向正是如何？"李逵寻思道："我若说在梁山泊落草，娘定不肯去；我只假说便了。"李逵应道："铁牛如今做了官，上路特来取娘。"……恰待要行，只见李达提了一罐子饭来。入得门，李逵见了便拜道："哥哥，多年不见！"李达骂道："你这厮归来做甚？又来负累人！"娘便道："铁牛如今做了官，特地家来取我。"李达道："娘呀！休信他放屁！当初他打杀了人，教我披枷带锁，受了万千的苦。如今又听得他和梁山泊贼人通同，劫了法场，闹了江州，现在梁山泊做了强盗。前日江州行移公文到来，着落原籍追捕正身，要捉我到官比捕；又得财主替我官司分理，说：'他兄弟已自十来年不知去向，亦不曾回家，莫不是同名同姓的人冒供乡贯？'又替我上下使钱。因此不吃官司仗限追要。现今出榜赏三千贯捉他！你这厮不死，却走家来胡说乱道！"李逵道："哥哥不要焦躁，一发和你同上山去快活，多少是好。"李达大怒，本待要打李逵，又敌他不过；把饭罐撒在地下，一直去了。李逵道："他这一去，必报人来捉我，是脱不得身，不如及早走罢。我大哥从来不曾见这大银，我且留下一锭五十两的大银子放床上。大哥归来见了，必然不赶来。"

李逵的计较不差，因为这锭大银，哥哥不再穷究不舍，自己果是顺利逃脱官府追捕。然而，却终究没能逃脱娘被老虎吃得肢体不全的悲惨结局。原来，李逵背着老母上梁山，途经沂岭，因母亲口渴，李逵将她安顿在一块大青石上坐下，独自去山涧为娘取水，谁知取水回来——

　　叫了一声不应，李逵心慌，丢了香炉，定住眼，四下里看时，并不见娘；走不到三十余步，只见草地上团团血迹。李逵见了，一身肉发抖；趁着那血迹寻将去，寻到一

李逵取涧水

处大洞口，只见两个小虎儿在那里舐一条人腿。李逵把不住抖，道："我从梁山泊归来，特为老娘来取他。千辛万苦，背到这里，倒把来与你吃了！那鸟大虫拖着这条人腿，不是我娘的是谁的？"

李逵英勇，不遑多言，可面对老母亲惨死的景况，竟是"一身肉发抖"，一直到杀沂岭四虎为母复仇，"收拾亲娘的腿及剩的骨殖"，"到泗州大圣庙后掘土坑葬了"，方才"大哭了一场"。这一哭，有失去亲娘的悲痛，有孝愿未了的失望，有杀虎泄愤后的疲乏，万千情感，倾泻而出，感天动地！

二哭为义

李逵的第二次哭，哭的是梁山兄弟丧门神鲍旭。和别的兄弟不同，和哥哥宋江也不同，鲍旭自有与李逵的另一番交情——他是李逵招揽上山的。

第六十七回，单廷珪和魏定国率兵攻打梁山，宋江派关胜领兵迎敌，李逵也要去"走一遭"，却不得允许，于是负气下山，结果遇到了自称"平生最无面目，到处投人不着"，绰号"没面目"的焦挺。这一遇既是焦挺的登台亮相，也是李逵鲁直可爱性格的一次完全展露：

> 李逵便抢将入来，那汉子手起一拳，打个塔墩。李逵寻思道："这个汉子倒使得好拳！"坐在地下，仰着脸，问道："你这汉子姓甚名谁？"那汉道："老爷没姓，要厮打便和你厮打！你敢起来！"李逵大怒，正待跳将起来，被那汉子，肋窝里只一脚，又踢了一交。李逵叫道："赢他不得！"爬将起来便走。

焦挺

鮑旭

你看这李逵，开始挺嚣张的，"抢将入来"准备打一架，结果发现打不过——人家焦挺"三代相扑为营生"，打得过才怪（李逵也打不过同样擅长相扑的燕青），立马充分发挥打不赢就跑的精神，要求停止决斗。待得通报名姓后，竟对这位高手挖起了墙脚："你有这本事，如何不来投奔俺哥哥宋公明？"

焦挺本欲去枯树山投奔鲍旭。李逵竟索性游说焦挺将鲍旭也一起挖过来，成了自己的副将。结果，李逵、鲍旭、焦挺外加宣赞、郝思文，五人率兵合力攻破凌州北门，大获全胜，使得宋江完全忘记了李逵私下梁山的过错。

鲍旭成为李逵的副将之后，不但随他出生入死，冲锋陷阵，而且处处悉心保护着李逵。因为李逵鲁莽，每次战斗总是一个人往前冲，全然不顾其他，鲍旭和项充、李衮的职责便是杀退其左右的敌人，使其免受伤害。四人往往这样列阵：

> （"黑旋风"李逵）手持两把板斧，立在阵前；"丧门神"鲍旭，仗着一口大阔板刀，随于侧首；项充、李衮两个，各人手挽着蛮牌，右手拿着铁标，四个人各披前后掩心铁甲，列于阵前。

打仗时的情形便是：

> 李逵听了这说，也不打话，拿起两把板斧，直抢过对阵去。鲍旭见李逵杀过对阵，急呼项充、李衮舞起蛮牌，便去策应。四个齐发一声喊，滚过对阵。

然而，在第一百一十五回，李逵自请任先锋捉石宝的战斗中，鲍旭不幸战死。因为是副将，连一向为兄弟们哭泣多番的宋江这次也只是"愁闷"，而黑旋风却哭将开来：

> 石宝却伏在城门里面，看见鲍旭抢将入来，刺斜里只一刀，早把鲍旭砍做两断。项充、李衮急护得李逵回来。宋江军马，退还本寨，又见折了鲍旭，宋江越添愁闷，李逵也哭奔回寨里来。

"哭奔回寨"，是因为"我四个，从来做一路厮杀"（李逵语），结下了战斗情谊；"哭奔回寨"，足见李逵因失去好兄弟鲍旭的悲痛，其情其境，真挚感人，李逵此哭，为兄弟之义也。

三哭为忠

李逵的第三次哭，是在小说的最后一回。宋江被奸臣下药，心知将死，担心死后李逵造反，坏了大家忠义之名，于是赚来李逵，也给了他一杯毒酒：

> 宋江道："兄弟，你休怪我！前日朝廷差天使，赐药酒与我服了，死在旦夕。我为人一世，只主张'忠义'二字，不肯半点欺心。今日朝廷赐死无辜，宁可朝廷负我，我忠心不负朝廷。我死之后，恐怕你造反，坏了我梁山泊替天行道忠义之名。因此，请将你来，相见一面。昨日酒中，已与了你慢药服了，回至润州必死。你死之后，可来此处楚州南门外，有个蓼儿洼，风景尽与梁山泊无异，和你阴魂相聚。我死之后，尸首定葬于此处，我已看定了也！"言讫，堕泪如雨。李逵见说，亦垂泪道："罢，罢，

罢！生时伏侍哥哥，死了也只是哥哥部下一个小鬼！"言讫泪下，便觉道身体有些沉重。当时洒泪，拜别了宋江下船。回到润州，果然药发身死。

"言讫泪下"，李逵这一哭，应是百感交集。他效忠的对象宋公明哥哥终究还是未能实现人生美梦，也未能在朝廷治下安度余生，李逵自己竟连为之复仇的机会也没有了。哥哥为忠于朝廷而将他药死，李逵垂泪大叫"罢，罢，罢！"随哥哥"宁可朝廷负我，我忠心不负朝廷"去了，忠于自己的领袖，也成就了领袖对朝廷的忠心。只是不知道，在他的泪水中，是否有一闪念是责怪做哥哥的太心狠了呢？忠如李逵，世间能有几人？

一哭为孝，二哭为义，三哭为忠。如此忠孝节义，这大约正是李逵杀人如麻，却始终备受历代读者喜爱的原因之一吧。或者说，李逵与宋江的契合，在某种程度上，也来源于二人对传统价值观的执着态度？只不过，李逵对这套价值观的认可与尊崇，更多源于内心的本能。是以金圣叹赞道："李逵是上上人物，写得真是一片天真烂漫到底……《孟子》所谓'富贵不能淫，贫贱不能移，威武不能屈'，正是他的好批语。"

李逵三哭，"天真烂漫"，《水浒》人物，此君最佳。

达人鲁达

金圣叹在《第五才子书读法》中，将《水浒》一百零八条好汉分为"上上人物""上中人物""中上人物""中下人物""下下人物"几等，其中毫不掩饰他对鲁智深的喜爱，把鲁智深列入"上上人物"中："鲁达自然是上上人物，写得心地厚实，体格阔大，论粗卤处，他也有些粗卤；论精细处，他亦甚是精细……"金圣叹此言不虚，《水浒传》将鲁智深外形的粗犷和内心的善良描写得精彩绝伦，读后让人酣畅淋漓，若以鲁智深俗家姓名"鲁达"来论，此鲁达真不愧为达人——武艺、品质的极致，为人的旷达、通达、大达。

鲁智深原是渭州经略府提辖，是梁山好汉中第五个出场的，书里写他"生得面圆耳大，鼻直口方，腮边一部貉腺胡须。身长八尺，腰阔十围"，虽然五台山的一众和尚见了他便心惊肉跳，评说此人形容丑恶，貌相凶顽，"不似出家的模样，一双眼却恁凶险"，但却很符合老百姓心目中侠客的形象。鲁智深在书中虽然以军官的身份出现，但是这一经历太过短暂，简直可以忽略不计，仅在一回书的过程中，便把自己的身份变成了侠客。侠者必定武艺高超，鲁智深身有千斤扛鼎力，使用的禅杖重达六十二斤，曾经倒拔垂杨柳，英雄盖世，惊天地泣鬼神。

最难得的是他有着一副侠肝义胆，当卖唱女子金翠莲哭诉其遭"镇关西"强骗时，在场的史进和李忠都无动于衷，鲁智深却反应强烈，立刻就要去打死那"腌臢泼才"，虽然当时被史、李二人三番五次劝住了，但他还是不肯干休，不仅自己倾囊赠与金翠莲父女，还向史进、李忠二人借钱相助，并且饭也不吃，回去气愤愤地睡了。第二天一早，鲁智深打发走金家父女，便去三拳打死镇关西，表现出疾恶如仇、见义勇为、路见不平拔刀相助的侠者本性。当他途经桃花村，知道了小霸王周通要强娶刘太公之独生女儿时，再次激起他同情弱小的侠义胸怀，毅然帮助刘太公之女解除不幸，还痛打小霸王，领着刘太公到桃花山退亲，直逼得周通折箭为誓方才罢休。又当史进路见不平要为画师王义讨个公道，结果自己失手反被贺太守监禁，武松建议等梁山大队人马来了再图救援时，鲁智深却担心史进安危："等俺们兄弟来，史家兄弟性命不知道哪里去了！"于是自己单杖只身独闯虎穴，完全不顾个人安危。

最能体现鲁智深侠义精神的是他和林冲的交往。当朝权贵高俅之子高衙内调戏林冲娘子，林冲赶去解救，鲁智深随后便带着一帮朋友赶到，要来帮林冲厮打。林冲被陷害以后，为了救林冲，鲁智深不仅沿途暗中保护，最后在野猪林救下林冲性命，还亲自护送林冲到沧州地界开阔之处方才罢休。面对以高俅等为代表的贪官污吏，林冲开始还抱有幻想、心存畏惧，说"不怕官，只怕管"，而鲁智深却丝毫没有把官府放在眼里，"怕他甚鸟！俺若撞见那撮鸟时，且教他吃洒家三百禅杖了去"。

上述作为可以看出，豪侠仗义，挺身任事，纵然身死其中也从不言悔，此乃鲁智深为人之一达。

大闹野猪林

　　鲁智深因为背上刺有花绣，所以外号"花和尚"，他是一个禅者。这个"禅"字，不只表现在行为上，其精神实质层面表现得尤为充分。智深是有慧根的，智真长老劝说众和尚道："此人上应天星，心地刚直，虽然时下凶顽，命中驳杂，久后却得清净，证果非凡，汝等皆不及他。"书中记载"五台山这个智真长老，原来是故宋时一个当世的活佛，知得过去未来之事"，是个非同小可的人物，他说的话后来也得到了验证，鲁智深果然在杭州六和塔圆寂，"却得清净，证果非凡"。

　　《水浒传》第九十回写宋江和鲁智深等人拜谒智真长老，智真长老一见鲁智深就说："徒弟一去数年，杀人放火不易。"鲁智深默然无语。其实，智真长老此话是另有深意的，杀人放火何来不易？可知道佛家也做狮子吼，荡尽污秽才有清净。翦灭了人间的不平事，那些弱小群体才能有幸福的生活，鲁智深杀人放火却从不乱杀，也从不欺压老百姓，他和武松一样，专打世上不明事理的豪强，从这一点上来说，鲁智深的杀人放火，仿佛和观世音菩萨普度众生相似，也是暗合佛理的。

　　鲁智深作为和尚，还有一个反常的特征，他因喝酒吃肉而出名。北宋苏轼有一首诗曰："乃知戒律中，妙用谢羁束。何必言《法华》，佯狂啖酒肉。"可见，在当时，和尚吃酒啖肉能为时人所接受。南宋宗昊禅师也有"饮酒食肉不碍禅性"之论，所以当代电影《少林寺》中才有"酒肉穿肠过，佛祖心中留"的著名提法。

　　杀奸人，烧官府，只为普度弱小的芸芸众生；啖肥肉，嗜美酒，却不乱心中佛性；不图富，不图贵，圆寂在八月十五潮信之时。鲁智深，一位颇有慧根的和尚，此为二达。

　　鲁智深粗犷却充满智慧，他又是一个智者。智者好学，

六和寺圆寂

"花和尚"原本是不识字的，以至于闹出挤在人群中听别人读缉拿自己的通缉令的危险故事。可是在倥偬的军旅生涯中，他坚持学习，后来在杭州圆寂时，已经能够自己作诗，这等求学精神实属难能可贵。《水浒》中有一个细节说明他还具有很高的美学欣赏水平。鲁智深在五台山上，"忽一日，天气暴暖，是二月间时令，离了僧房，信步踱出山门外立地，看着五台山，喝彩一回"，很难想象，一个完全粗鲁、胸无锦绣的武夫，会对着初春的美景如此怡然自得并由衷赞叹。

鲁智深处理事情也充满智慧。为了惩治郑屠，他首先采取戏耍的方法激起郑屠的愤怒，让他失去方寸，然后再打，这才叫快意恩仇；当打死郑屠后，"他寻思道：'俺只望痛打这厮一顿，不想三拳真个打死了他。洒家须吃官司，又没人送饭，不如及早撒开。'并道：'你诈死，洒家和你慢慢理会！'一头骂，一头大踏步走了"。这才叫"事了拂身去"，来一个安全撤退；而当他在大相国寺守菜园子时，一伙泼皮想教训他这位新来的大主管，设计要把他撷入粪窖中，智深见众泼皮"拜在地上，不肯起来"，心下起疑，"这伙人不三不四，又不肯近前来，莫不要撷洒家？"但他还是走向前，暗中戒备，并将张三、李四踢入粪窖，而没有像杨志那样，"一时心头火气，一刀搠死牛二"，以鲁智深三拳打死"镇关西"的勇力，杀这几个泼皮不在话下，但他却只是略微训诫，显得很有尺度，这就是壮士胸怀，居高临下；又如大闹野猪林后，他护送林冲到沧州地界，临走时用禅杖打断松树，以武力震慑押送公人，使他们终于不敢加害林冲，这又是"止戈为武"，十足的大将风度。

鲁而有智，粗中有细，智深，名下不虚，其人三达。

对于梁山的招安大事，鲁智深是唯一的清醒者。第七十一回写菊花会上，当宋江力主接受朝廷招安，填词表达"望天王降诏，早招安，心方足"，鲁智深说："只今满朝文武，多是奸邪，蒙蔽圣聪，就比俺的直裰染做皂了，洗杀怎得干净？招安不济事，便拜辞了，明日一个个各去寻趁罢。"你看，这个粗人竟然和李逵、武松等人只知痛骂截然不同，说出了这样文绉绉的话，而且在修辞上采用比喻的手法（"就比俺的直裰染做皂了，洗杀怎得干净"），既形象易懂，又揭示了"反贪官"与"不反朝廷"、"降朝廷"与"不降贪官"的本质意义和区别，令人刮目相看。第一百一十九回写梁山兵马捉住方腊之后，宋江劝鲁智深还俗为官，在京师图个封妻荫子，光耀祖宗，报答父母劬劳之恩。鲁智深却答道："洒家心已成灰，不愿为官，只图寻个净了去处，安身立命足矣！"基于对朝廷的清醒认识，他强硬拒绝了宋江的安排，"摇首叫道：'都不要，要多也无用。只得个囫囵尸首，便是强了'"，一点没给宋江——这位当年梁山老大留面子，这才有了最后终得善果、坐化浙江的结局。

政治头脑清醒，大局绝不糊涂，此公四达。

鲁智深率真直爽，做事不拘小节，他是一个旷者。李忠、周通贪财，鲁智深就卷了他们的金银酒器遁走，还直接从后山草坡滚下去，读之令人解颐。他和史进请李忠喝酒，李忠正在卖艺，叫他们等一会儿，他便道："谁耐烦等你？去便同去。"然后将看李忠卖膏药的人，一推一交，把众人赶散，使李忠被迫随同他们喝酒去。他在五台山出家当了和尚，可是照常喝酒吃肉，还在神佛像后屙屎屙尿，显得无所顾忌，狂放不羁。明代学者李贽对鲁智深这些行为评价说："率性而行，不拘小节，方是成佛作祖根基。若瞻前顾后，算一计十，几何不向假道学门风去也？"当代学者聂绀弩也说："还有鲁智深，完全忘我，完全无畏，完全只问是非曲直，不计个人利害，路见不平，连一秒钟也不踌躇，立即插身于两者中间，面对着强暴者，叫弱小者让开——从此天大的事都与别人无关，只要他鲁智深一人担当就行了……这是人性的极峰，也是对于人性的最高理想，只有真正的革命者才能具有的伟大精神。"

个性率真，了无拘束，鲁智深五达也。

综上所述，鲁智深是《水浒》中最有个性的人物，是作者描写最为成功的人物，也是后世读者最喜爱的人物。其名为"鲁达"，莫非作者有独特寓意乎？用今人的话说：鲁达，达人也！

杨志，你不该杀牛二

　　《水浒传》第十二回有"杨志卖刀"一节。那杨志本是"三代将门之后，五侯杨令公之孙"，曾任朝廷殿司制使，因押运花石纲（取太湖石至汴京修万岁山）遭风翻船，逃难江湖，被官家通缉。后遇朝廷大赦，便赴京谋求复职，却不想被高俅责备，赶出殿帅府，穷困潦倒，流落汴京街头。无奈之际，杨志想变卖随身佩带的祖传宝刀，"好做盘缠，投往他处安身"。

　　杨志自称宝刀有三大特色："第一件，砍铜剁铁，刀口不卷；第二件，吹毛得过；第三件，杀人刀上没血。"没想到一个泼皮无赖、市井流氓牛二（外号"没毛大虫"，即不长毛的老虎）纠缠杨志要他兑现。杨志演示了前两项，唯独"杀人刀上没血"无法演示，便说"你不信时，取一只狗来杀与你看"。牛二不依："你说杀人，不曾说杀狗"，"你好男子，剁我一刀"，"我要你这口刀"，并且用头顶撞杨志，还"挥起右手一拳打来"。这显然是撩拨，是无赖纠缠。杨志忍耐不住，"一时性起，望牛二嗓根上搠个着，扑地倒了。杨志赶入去，把牛二胸脯上又连搠了两刀，血流满地，死在地上"。

　　杨志因杀了牛二，被官府"当厅发落，……于死囚牢里监守"，"待了六十日限满，当厅推司禀过府尹，……断了二十脊杖，唤个文墨匠人刺了两行金印，迭配大名府留守司充军。那

楊志 索超

口宝刀没官入库"。

"指望把一身本事，边庭上一枪一刀，博个封妻荫子，也与祖宗争口气"的杨志，就这样毁了自己的前程，断送了人生理想，最后不得不"落草为寇"，令人唏嘘！

杨志杀牛二，是为民除害吗？不是！那牛二只是地方上一个小痞子，虽然人人痛恨，但并没有血债在身，且无杀人现行，罪不当诛；即便当诛，也应由官府依法定罪。

杨志杀牛二，是误伤吗？不是！他用削铁如泥的利刀"望牛二嗓根上搠"，显然有杀人的故意，且是置人于死地的狠招。

杨志杀牛二，是防卫过当吗？也不是！虽然牛二无理纠缠在先，但杨志却先动手，"把牛二推了一交"。当牛二挥拳打来时，他毕竟算是"赤手空拳"，杨志却"拿刀抢入来"。没武艺的牛二赤手空拳，"一身本事"的杨志手执钢刀，这显然是一场力量不对称的对抗，杨志"胜"之不武，更何言"防卫过当"。

杨志是激情杀人，杨志是小不忍乱了大谋，杨志完全可以用别的方式制服那个小流氓。

历史上的韩信就不像杨志这样鲁莽。《史记·淮阴侯列传》载："淮阴屠中少年有侮信者，曰：'若虽长大，好带刀剑，中情怯耳。'众辱之曰：'信能死，刺我；不能死，出我袴下。'于是信孰视之，俯出袴下，蒲伏。一市人皆笑信，以为怯。"这一记载的大意是说，韩信年轻的时候胸怀大志，好带刀剑，有一次在街头遇上一个小流氓，流氓当众撩拨他说："你是个胆小鬼！你要是不怕死，就刺死我；你要是怕死，就从我的裤裆下爬过去！"韩信仔细瞧了瞧那瘦小的流氓，沉思一会儿，便俯下高大的身躯，从流氓的两腿间爬了过去，围观的人哄然大笑。这便是著名的韩信受胯下之辱的故事。

我们不妨比较一下杨志与韩信：他们的对手"牛二"与"屠中少年"都是街头混混，而杨志与韩信都身怀武艺；对手"牛二"与"屠中少年"都赤手空拳，杨志与韩信都手执刀剑；对手"牛二"与"屠中少年"都以羞辱的言行冒犯强大的人物（在某种意义上讲，"屠中少年"对韩信的侮辱更具挑衅性），而杨志与韩信却采取了截然不同的应对方式：杨志杀了牛二，后来被刺配充军；韩信从流氓胯下爬过，后来投军打天下，拜将封侯。

还可以比较一下杨志与鲁智深：前文提到，鲁智深在大相国寺管菜园子，遇上"二三十个赌博不成才的破落户泼皮"偷菜，为首的"过街老鼠张三"与"青草蛇李四"策划要"寻一场闹，一顿打下头来"，给鲁智深一个下马威，以便日后好去菜园中偷菜。这与"牛二"和"屠中少年"的行为差不多，都是撩拨。可当张三、李四动手"抢"鲁智深的脚时，鲁智深"不等他占身，右脚早起，腾的把李四先踢下粪窖里去；张三恰待要走，智深左脚早起，两个泼皮都踢在粪窖里挣扎。后头那二三十个破落户惊的目瞪口呆，都待要走。智深喝道：'一个走的，一个下去；两个走的，两个下去！'众泼皮都不敢动弹"（第七回）。鲁智深不像杨志，杀了泼皮；也不像韩信，受泼皮胯下之辱。他充分利用自己的武功优势，使得对方"都不敢动弹"，以英雄气势震慑自己的对手。

面对无理纠缠的地痞流氓，杨志不如韩信能忍，更不如鲁智深会用"智"，他忍耐不住，只知道一个"杀"字，终于铸成大错。杨志的教训十分深刻，一个人活在世上，难免会遇上一些意想不到的纠缠、羞辱、委屈，这些纠缠、羞辱和委屈虽然令人恼怒、愤慨，但往往并无关生死或大局，有时忍一忍就过去了，千万别"该出手时就出手"，更不要轻易拔剑而起。记住，许多情况下，该出手时且慢出手。人生有远大的目标，远大目标不可动摇。所以，"小不忍则乱大谋"（《论语·卫灵公》）的论断，是永远的真理。读《水浒》，评杨志，理应如是思考。

武松：这英雄真傲

武松是三十六天罡星中的天伤星，又称行者武松，上梁山后常与花和尚鲁智深协同杀敌，其人所作所为算得上《水浒》世界中的真正英雄，是个响当当的傲角儿。

《水浒传》中武松的出场就是在宋江面前一"傲"开始的，第二十二回写道：这天宋江在柴进庄上喝得半醉，席间起身上厕所时，黑灯瞎火地没怎么看路，一脚踢到个铲子，把里面的炭火全掀到旁边一个躺着的大汉脸上。那大汉也不含糊，跳起来抓起宋江就是一顿骂："你是什么鸟人，敢来惹我？"旁边有庄客见了，打圆场："误会误会，这位是柴大官人最欣赏的客官，刚才纯属意外，纯属意外！"大汉更气了，说："'客官''客官'！什么'客官'！我刚来的时候也是'客官'，也曾对我好得不得了，没几天就不搭理我了，真是'人无千日好，花无百日红'"，说完就要揍宋江。三人一个要打，一个要躲，一个要劝，扭作一团，好不热闹！柴进听到动静，急忙赶过来，对大汉说："你知道你要打的这人是谁？"大汉撇撇嘴道："是谁也比不上宋江宋押司。"柴进忍住笑又问："你这么佩服宋江，见过他本人吗？"大汉说："虽然没见过，但是他仗义疏财，扶危济困，是天下闻名的好汉，我冲他是个大丈夫，有头有尾，有始有终，敬佩他，又不是冲着他颜值追星去的，没见过又有什么大不了的？告诉你柴庄主，爷爷不爽这里很久了，等病好了就去投奔宋江，才不稀罕你这破地方！"你看，武松对人、对事这傲劲，已近乎不讲道理了。

柴进倒也不介意，只说："眼前这人就是你天天惦记的宋江哦。"那大汉听说是宋江，大吃一惊，跪在地下说："小人'有眼不识泰山'！一时冒渎兄长，望乞恕罪。""跪在地下，哪里肯起来。"宋江扶起那汉，问道："足下是谁？高姓大名？"柴进指着大汉道："这人是清河县人，姓武，名松，排行第二，今在此间一年。"读者注意，在皇族柴进面前尚如此之傲的武松，初见宋江却显得如此之"怂"，此"傲"是大可令人深思的，这一点后文还将论及。

说起武松，当初在清河县与人酒后斗殴，把别人一拳打昏，武松以为自己打死了人，吓得逃到柴进处，柴进刚开始也以礼相待，可架不住武松真不把自己当外人，每天要求好酒好菜不说，一旦喝醉了酒，就要打架惹事，渐渐地柴进对他也冷淡下来。平心而论，在酒后伤人和迁怒庄客这两件事上，武松本身都有错疏：一言不合，拍案而起，大打出手，事后又无反省。故而武松是傲，正因为有傲所以才怨柴进怠慢，只是此时的傲是一股傲气，多是意气之争，一旦不如意，文斗也好武斗也罢，定要争个高下，还好他遇到的是宋江这种和事佬，后来还和他结拜，如果不幸碰上的是李逵，那后果就难以预料了。

同宋江结义后，武松惦记回乡，就拜别众人往清河县赶，在路上行了几日来到阳谷县地面，随后的事就是著名的武松打虎，武松之勇武、机变不需笔者多言，单说这武松喝酒，店家早已有言"三碗不过冈"，武松偏偏喝了十五碗，边喝边笑话

神威打猛虎

店家吹牛，一吹自己酒好，二瞧不起武松酒量。那武松喝痛快了提着哨棒便走，酒家赶出来劝："客官再别走了！如今前面景阳冈上有只吊睛白额大虫，晚了出来伤人，坏了三二十条大汉性命。官家现在正头疼呢，冈子路口，多有榜文。现在是傍晚，不如先在我这里住下，您等着明儿白天邀几个人结伴一起过冈子才安全。"武松的反应是，他诈我，肯定的！这条路走了几十回了，从没听说过有什么老虎；再说了，我武松怎么会怕老虎，谁知道店家留我住宿安的什么心！现在人肉包子店可多了，怎蒙得了俺武松！于是武松信心满满地往景阳冈上走去，没走几步果真看见有官府印信榜文，称景阳冈上有虎。换作常人再怎么固执也必定转回酒店，可是武松想什么呢？武松寻思道："我回去时，须吃他耻笑，不是好汉，难以转去。"真是头可断，血可流，面子不能丢！宁可和老虎打一架，也万万不能让人看扁了！幸亏他是武松，这一"傲"，居然有惊无险地打死了景阳冈上那只威风八面的猛虎，成就了中国文化史上一位威风八面的打虎英雄！

打虎之后，武松自然美名远扬，阳谷县知县因武松打虎有功，封他做了步兵都头。当了都头后路遇哥哥武大郎，于是暂住兄嫂家，哪知嫂嫂潘金莲却几次拿言语挑弄，武松故作不知，但心中十分警惕。当他被知县派出去公干，临行时便嘱咐哥哥武大郎："大哥，知县让我出差几天，明天就要走了，多是两个月，少是四五十日便回。有句话，特来和你说知：你从来为人懦弱，我不在家，恐怕被外人来欺负。假如你每日卖十扇笼炊饼，你从明日为始，只做五扇笼出去卖；每日迟出早归，不要和人吃酒。归到家里，便下了帘子，早闭上门，省了多少是非口舌。如若有人欺负你，不要和他争执，待我回来，自和他理论。大哥依我时，满饮此杯。"武大郎自然满口答应。

武松再倒第二杯酒，对那潘金莲说道："嫂嫂是个精细的人，不用武松多说。我哥哥为人质朴，全靠嫂嫂做主招呼他。常言道：'表壮不如里壮。'希望嫂嫂安心持家和哥哥好好过日子。常言道：'篱牢犬不入。'"那妇人听了这话，被武松说了这一篇，一点红从耳朵边起，紫了面皮，指着武大便骂道："你这个笨蛋！又有什么糊涂话和外人说，欺负老娘！自从嫁了你武大，连个蚂蚁也没到屋里来，有甚么篱笆不牢，犬儿钻得入来！"明着骂武大，实际是骂武松。可武松居然笑道："若得嫂嫂这般做主最好！只要心口相应，却不要心头不似口头。既然如此，武二都记得嫂嫂说的话了，请饮过此杯。"武松知道潘金莲为人，既没有责骂她，也没有把自己的担心明白告诉武大郎，忍着被潘金莲指桑骂槐的一通骂，只是好言相告，把话说在前头。柴进庄里、景阳冈上的武松，傲气满满，勇武过人，可此时的他，骄傲中却带着隐忍和世故。

然而纵使武松百般劝告防范，潘金莲最终还是背叛了家庭，背叛了武大郎，与地方恶霸西门庆勾搭成奸，并且与西门庆一道设计毒杀了武大郎。武松出差归来，见哥哥被毒害，他决定杀死奸夫淫妇，为兄报仇，于是书中有了血淋淋的"武松杀嫂"一节。但读者应当注意的不只是故事本身，更应当注意武松杀死潘金莲、斗杀西门庆之后，"伸手去凳子边提了淫妇的头"，又"只一刀割下西门庆的头来，把两颗头相结做一处，提在手里"，然后对现场见证的乡邻说了一段话：

> 小人因与哥哥报仇雪恨，犯罪正当其理，虽死而不怨；却才甚是惊吓了高邻。小人此一去，存亡未保，死

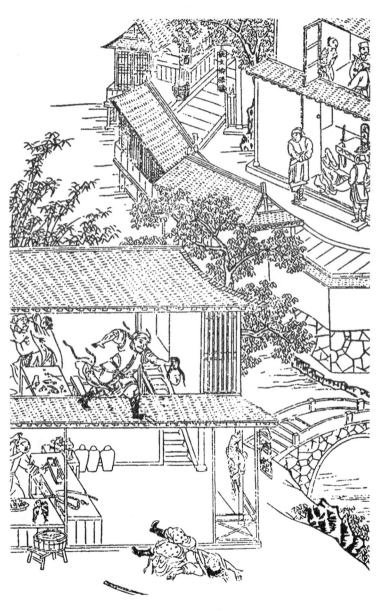

怒杀西门庆

活不知，我哥哥灵床子，就今烧化了。家中但有些一应物件，望烦四位高邻与小人变卖些钱来，作随衙用度之资，听候使用。今去县里首告，休要管小人罪犯轻重，只替小人从实证一证。（二十六回）

武松向社会坦然承认自己所作所为，向众乡邻交代了后事，投案自首去了，这就叫"好汉做事好汉当"，武松这傲角儿，处处透着一份担当的精神。

话说武松杀了奸夫淫妇，投案后自然被判入狱发配，他被押解到安平寨，别的犯人告诉他，按惯例新入狱的要被打一百杀威棒，不过有钱或者有关系的可以少打甚至不打，武松听了道："感谢你们众位告诉我。小人身边略有些东西。若是他好问我讨时，便送些与他；若是硬问我要时，一文也没。"果然来了一拨人，武松就是那句话：要钱不给，要命你拿不了。后来被押到堂上，安平寨管营说道："犯人，按照太祖武德皇帝旧制：但凡初到配军，须打一百杀威棒。左右给我绑起来打。"武松道："都不要你众人闹动，要打便打，也不用你们捆。我若是躲闪一棒的，不是好汉，从先打过的都不算，从新再打起。我若叫一声，也不是好男子！"想了想，武松又有意见了："要打便打毒些，不要人情棒儿，打我不快活。"搞得众人哭笑不得。谁知打"杀威棒"的还没动手，管营相公身边有人去他耳朵边略说了几句话。管营就问："新到囚徒武松，你路上是不是生病了？"武松道："我路上好的很，酒也喝的，饭也吃的，路也走的，架也打的。"管营道："说你病了就是病了，且寄下你这顿杀威棒。"两边行杖的军汉低低对武松道："你快说病，这是相公将就你，你快只推曾害病便了。"武松道："不曾害，不曾害，打了倒干净！我不要留这一顿寄库棒，寄下倒成了债，害我每天牵肠挂肚，几时得了！"这下大伙彻底乐了，哪里还会打。《水浒传》中有不少人落难后入狱，有的不知道门路结结实实地挨了这一顿，有的懂人情世故前后送银子逃了这顿打，只有武松，什么都知道就是不配合，大棒当前一点儿没服软，不光嘴硬，骨头也硬，真是地地道道的英雄好汉，地地道道的傲哥儿！说来也怪，武松一"傲"，回牢房后居然有人每天好酒好菜送来，武松也没浪费，都吃干净了。

吃了几天，武松到底忍不住了，按了送饭的人盘问，才知道派人送酒肉以及在堂上替他说话的人是安平寨管营的公子施恩。施恩本在快活林收保护费，后来被一个恶霸名叫蒋忠、绰号蒋门神的抢了生意，只好请武松帮忙。简单地说，这是一起黑社会的地盘争夺战。这边施恩在絮絮叨叨，武松听了，呵呵大笑，便问道："那蒋门神还是几颗头，几条臂膊？"施恩道："也只是一颗头，两条臂膊，如何有多？"武松笑道："我还以为他三头六臂，有那吒的本事，我便怕他。原来只是一颗头，两条臂膊！既然没那吒的模样，却如何怕他？如今和你一起去找他麻烦，看我把这厮视同老虎一般结果他，拳头重时打死了，我自偿命。"

武松在安平寨这一"傲"，结交了一个兄弟施恩（后来也上了梁山），闹出了"威震安平寨""醉打蒋门神""大闹飞云浦""血溅鸳鸯楼"等一出出好戏。他就像今世漫画作品中的柯南，走到哪里就死一片人，最终上了梁山。

大英雄武松上梁山，这一路走得惊心动魄，血溅三尺，都因为他实有一股子傲气，才如此好看。起初逃亡也好，打虎也好，都是因为傲气或与人作意气之争。打虎之后，武松言谈行

醉打蒋门神

事渐显沉稳，但是，一旦发难还是当年响当当的打虎傲武松。直到第一百二十回平了方腊，当初的梁山兄弟折损大半，武松也断了一臂，于是才向宋江推说自己残疾，不愿进京，放弃了他人艳羡万分的功名官爵，只求做个清闲道人，自由自在。面对荣华富贵，依然是傲骨铮铮，但却透出一丝悲凉，"天伤星"的注脚也许正在这里。

武松是中国民间家喻户晓的人物，是人们崇拜的大英雄。但是，这位英雄的行事方式你是学不来的，也不必去学，你只需学一学他的"傲"。他的傲是一份自尊，他的傲是一股胆气，他的傲是一种担当，他的傲是疾恶如仇，他的傲是一种清高……

武松：这英雄真傲！

卢俊义：由算命引发的血案

卢俊义在《水浒传》三十六天罡星中，排名仅次于天魁星宋江，也在梁山一百零八条好汉中后来居上，稳坐第二把交椅，是名副其实的第二号人物。此人落草前为"河北三绝"兼北京城中员外大户，一身好武艺更有家财万贯，若是得了他，梁山就人财两得，发大了，故而宋江等人为了赚他，端是下了血本，派出了超豪华阵容。

《水浒传》第六十一回写到，有一天卢俊义正在自家店里噼噼啪啪地算账，听到外面闹腾得厉害，吵得他头昏脑涨，找人一问才知道原来外面来了个算命的，要一两银子算一个，还带了个黑不拉叽一脸凶相的道童。卢俊义开始琢磨了：俗话说便宜没好货，好货不便宜，此人开了这么高的价钱，应该算得挺准的。于是差人把那个早就等他上钩的算命先生请进来——所以说卢俊义上梁山，从一开始就由"算命"行为启动，多少有些自找的味道。

不多时，算命先生带了道童拜见卢俊义，此刻读者也猜到了，此二人就是吴用和李逵——用今人的话语表达，可谓是明星阵容，梦幻组合，请一般的好汉上山是毋需惊动这两位出马的。吴用坐定，等卢俊义报了生辰八字之后，拿出铁算子排在桌上，一通划算之后，一拍大腿："坏了！员外你不出百日必有血光之灾！"那会儿没有愚人节，所以卢俊义立即笑场了："先生别逗了，我可是勤劳守法、克己奉公之人，如何能有血光之灾？"吴用变色，还了银子起身便走，还留给卢俊义一个唏嘘的背影："天下人原来都喜欢别人阿谀谄佞！罢，罢！分明指与平川路，却把忠言当恶言。小生告退。"吴用真是心理战高人，见对方不信，并没有竭力解释，反而一激一吓先声夺人，果真就唬住了卢俊义，卢俊义赶忙拉住吴用细问避祸的办法。

吴用见大鱼已咬了饵，兀自在吐泡泡，才解释："卢员外一向都行好运。但今年命犯太岁，从今天起百日之内，尸首异处，不可逃也。看你心诚，告诉你一法，往东南方向出走，至一千里以外，方可免此大难。你命中有四句卦歌，我念你写，书于墙上，好好体会，将来还可验证。"于是卢俊义取笔砚来，便去白粉壁上写。吴用口歌四句："芦花丛里一扁舟，俊杰俄从此地游。义士若能知此理，反躬逃难可无忧。"看卢俊义写完，吴用收拾起算子，作揖便行。

吴用此行目的有二：其一，诈卢俊义往梁山走；其二，哄卢俊义亲笔写下要命的字句。这两件事通过算命皆已圆满完成。同时，吴用机谋的高绝之处还在于，这两件事本是他让卢俊义做，可他偏偏倒过来，变成卢俊义"请"他做：不是我求着给你算命，而是你请我来的；也不是我让你往梁山，而是你自己要避祸去的；更不是我将反诗写在你家墙上，而是你自己写的。吴用利用人的好奇心和恐惧感，硬是把"我让你做"变成"你自己想做"，这番欲擒故纵的心理战玩得天衣无缝。

然而戏演到这里只算成了一半，如果男主角卢俊义拒绝按

玉麒麟写歌

吴用设计的脚本演，事到临头不往梁山走，那么吴用辛苦搭建的场地、借用的道具也是白费。换作一般人在街边听人算命，就当是个趣话，过了也就算了，可这卢俊义出身富商，一路顺风顺水，陡然听到吴用那番危言耸听的说辞，还真被吓住了，于是成天想着那个血光之灾，越想越心惊胆战，便找到亲信商量，先同管家李固说："我算了个命，说有百日血光之灾，只除非出去东南上一千里之外躲避。我想东南方有个去处，是泰安州，李固，你与我觅十辆太平车子，装十辆山东货物，就当是旅行。"李固道："主人你怕是上当了吧。那些算命的还不是半蒙半猜，你安心在家坐着，难道还有祸事找上门？"卢俊义说："敢情不是你要掉脑袋，你当然不急。"

见李固说不动他，卢俊义家养心腹仆人燕青也上前说："主人啊，你说的那条去山东泰安州的路，正打从梁山泊边过。近年泊内，是宋江一伙强人在那里打家劫舍，主人要去烧香，等太平了去，休信夜来那个算命的胡讲。说不定正是梁山那伙人来蒙你呢，可惜当时我不在，不然准能拆穿。"

卢俊义说："你们不要胡说，梁山泊那伙人哪敢来惹我，我还想去捉他们！爷爷我正好练了功夫没处用呢！"原来这卢俊义不只是个商人，平时也苦练武艺，"惯使一条棍棒，护身龙绝技无伦。……杀场临敌处，冲开万马，扫退千军"，是个从来不用保镖的商人。

才说完，屏风背后又走出卢俊义的妻子贾氏，说道："别听那算命的胡说，在外面哪里比得上家里呢，再说你走了，撇下这么大的家业可怎么办。"卢俊义道："女人家懂什么，我又不是去了就不回来，已经决定，别再唠叨了。"李固、燕青、贾氏都是他亲近的人，所说的话也各有道理，可此刻的卢俊义偏是被算命说辞迷住了心窍，因而凡是正确的、为他着想的话一句也听不进，只是笃信吴用的套路，可见越是自诩聪明的人往往越容易犯糊涂。众人再三劝阻无效，卢俊义留燕青在家，带着李固并十辆车子，迈出了人生最凶险的一步，也掀开了他最终成为梁山男主角的人生第一页。

一行人游山玩水走了几日，来到一家客店，听小二说离店不远处二十里，正好经过梁山泊。卢俊义听了高兴坏了，我大老远跑来等的可不就是这个？别人看我是个商人，其实咱每天练功骨子里是个侠客，等抓了梁山贼首送到京师，这才是男人该干的事！于是从衣箱里取出四面白绢旗，又问小二讨了四根竹竿，每一根缚起一面旗来，上面写了几个大字："慷慨北京卢俊义，远驮货物离乡地。一心只要捉强人，那时方表男儿志"，把自己打扮得像个会走路的钱包，意气风发地上路了。

卢俊义就这么招摇地走了半日，行到一处树林，听得一阵锣鼓——花和尚鲁智深捉他来了。此后重量级人物行者武松、小李广花荣、霹雳火秦明、豹子头林冲、双鞭将呼延灼、金枪手徐宁、混江龙李俊和阮氏三雄等大腕竞相亮相，都来捉卢俊义，追得卢俊义四处奔逃。最后，这只旱地"玉麒麟"被逼到芦苇荡中，落入水里，被浪里白条张顺在水下拦腰抱住，捉上岸来。卢俊义忐忑不安地被他们拉进轿子，远远看见一簇人马前来迎接，领头的就是宋江和吴用。二人将卢俊义请进忠义堂，宋江上前说："久闻员外大名，今天总算见到，荣幸得很哪，哈哈哈！"吴用也凑过来："前几天我去你府上算卦，其实是为你考虑，兄台你仪表堂堂，英明神武，当商人忒可惜了，小弟给你介绍个更有前途的职业——当梁山好汉！"卢俊义心说你们先诈我，再抓我，最后来这里装好人，敢情把我当耗子耍了，咬牙回说："宁就死亡，实难从命。"宋江等人也不再多说，只管置备酒食招待。

此后梁山杀羊宰马，大排筵宴，几番劝说，宋江甚至说出只要你肯来，这老大的头衔都可以让给你。这是劝降的话吗？吓得卢俊义更不肯落草。数日下来，吴用说："员外既然不肯，我们也不勉强，留得员外身，也留不得员外的心。只是众弟兄难得盼员外到此，既然不肯入伙，且请在小寨略住数日，再送你回去。"卢俊义说："我倒是没什么，只是怕家里老小担心。"吴用道："这事容易，先教李固送了车仗回去，员外迟去几日也没有关系。"于是验明货物无损，又派了些银两让李固带回北京。

卢俊义在梁山上三天一大宴，两天一小宴，住了两个多月，吃遍梁山特色酒菜，便执意要走，宋江等人看留不住，于是送了一包金银放了卢俊义下山。看到这里，大家是不是觉得梁山泊好汉真厚道，吴用其实是个好人哪。嘿，等卢俊义下山之后，本折戏的最高潮到了。

这卢俊义星夜奔波走了十几天，到了北京城外，忽然看见一人头巾破碎，衣裳褴褛，朝着卢俊义纳头便拜。卢俊义抬眼看时，竟是家仆燕青，便问："你怎地这般模样？"燕青说："主人，你现在倒了三个大霉，你想先听哪个？"卢俊义说："先说轻的那个。"燕青说："最轻的那个是你老婆跟人跑了。"卢俊义咬牙道："大丈夫何患无妻！还有呢？"燕青说："第二件是你的家产被李固吞了。"卢俊义吐血道："钱财身外物。最后一件呢？""最后一件是，恐怕李固等人早在城中设下圈套要诬主人造反。"卢俊义听到这里大怒，喝骂燕青道："这话越听越离谱，我家五代在北京住，谁不识得？量他李固有几颗头，敢这么做？肯定是你在家做了坏事，现在倒打一耙！"一脚踢倒燕青，大踏步便入城来。到此处，卢俊义个性中最大的弱点——刚愎自用，暴露无遗。试想，他若听了燕青的话，即使不全信也在进城前先打探一番，可偏偏此前卢俊义的人生可谓一帆风顺，自信满满，以致日益顽固，终铸大错。

等卢俊义急匆匆回了家，果然被贾氏和李固联合算计，绑到公堂上。李固告他谋反，并拿出卢俊义在自家白粉壁上亲手所写的藏头反诗为证："芦花丛里一扁舟，俊杰俄从此地游。义士若能知此理，反躬逃难可无忧。"四句诗中每句开头一字连起来便是"芦俊义反"，这真是人证物证齐全，这造反的罪名是坐实了，苦心经营的家业终成泡影，此后入死牢、受杖刑、闹法场、乱北京，越发不可收拾，终于被逼上梁山，并且亲手将在危难中背叛了自己的妻子贾氏、管家李固"割腹剜心，凌迟处死"，算是报了仇、雪了耻，十分残酷，十分惨烈，也十分血腥。一场由"算命"引发的血案才算落下大幕。

复述一下《水浒传》中卢俊义的故事，看似有些啰唆，但细想一下颇有人生启发意义。你看那卢俊义，上山前本为北京城一位员外，娇妻益友，家财万贯，也算是春风得意，人生美满。只是不听人言，刚愎自用，竟由一桩算命小事引来滔天大祸，改变了人生应有的结局，此中教训不可谓不深刻！当然，经历了这件事后，上梁山的他不再自负，不再意气用事，而是进退有度，顾虑周详，坐稳了梁山第二把交椅，深受弟兄们的尊敬和爱戴，终不负"玉麒麟"之名，不愧"天罡星"之誉。可见在人的成长过程中，"教训"和"名气"一样，都是值得珍惜的。

孙二娘何曾卖过人肉馒头

《水浒传》专写杀人放火、国恨家仇，是男人的故事，其故事主人公较少女性，一百零八将中仅有三员女将，而三员女将中给读者印象最为深刻的当是孙二娘。孙二娘之所以知名度高，一是因为她的故事与大英雄武松有关，她差一点将武松"开剥"了，是傍名人而出"名"的。二是因为小说中写她开黑店、卖人肉馒头，因而落了个"母夜叉"的绰号。

其实，孙二娘何曾卖过人肉馒头？她捆绑武松是事出有因，她不是杀人不眨眼的母夜叉，而是一个穿着"绿纱衫儿"，系着"鲜红生绢裙"，鬓边"插着些野花"的柔情似水、细致周密的女娇娘。

关于孙二娘用人肉做馒头馅，在《水浒》中没有一处正面描写，都是"听得人说"。既然是传言，终究不能以此定论。其实那是民间说书人的一种夸张说法，是故作惊人语，在书会现场营造一片"哇"声的惊叹效果而已。倒是孙二娘的丈夫张青曾经自我"招供"过："客商过往，有那入眼的，便把些蒙汗药与他吃了便死。将大块好肉，切做黄牛肉卖；零碎小肉，做馅子包馒头。"这也只是说说，谁亲眼见过？联系到张青夫妇"三不杀"的原则，上面的话也不可信。张青说，一是云

張青　孫二娘

游僧道不能杀，因为他们不曾过分享受现世的生活；二是行院妓女不能杀，因为她们"冲州撞府，逢场作戏"，是被侮辱被损害者；三是犯罪流配之人不能杀，因为其中有很多被冤屈的好汉。很显然，这种观念在当时社会中是进步的，是难能可贵的。很难想象，持这种观念的人怎么会对普通食客、寻常住店者下手？又怎么会是一个滥杀无辜、以人肉做馒头馅的恶魔呢？

至于孙二娘差一点将武松"开剥"了，得具体问题具体分析。书中第二十七回写到，武松斗杀西门庆，被官府判定脊杖四十，刺配二千里外，解赴孟州交割。武松和两个解差行至孟州十字坡孙二娘酒店歇脚饮酒，同孙二娘闹了一场打斗。就这一事件本身而言，责任全在武松身上：首先，武松一进酒店，喝着别人的酒，吃着别人店中的肉和馒头，还说了一大堆不信任人家、有损酒店名声的话：什么"这馒头是人肉的？是狗肉的？"什么"这馒头馅肉有几根毛，一象人小便处的毛一般"。这显然是挑衅，换了任何老板都容忍不了，何况孙二娘这位女老板！但孙二娘还是耐着性子一再笑着解释："哪得这话？这是你自捏出来的。""客官休要取笑。清平世界，荡荡乾坤，哪里有人肉的馒头，狗肉的滋味？"见此，武松不得不尴尬地承认自己"疑忌"。但他还不罢休，又进而做错了第二件事：戏弄孙二娘。请看武松的酒后"风话"："娘子，你家丈夫却怎地不见？""你独自一人须冷落。""大娘子，你家这酒，好生淡薄。""大娘子，我从来吃不得寡酒"，等等。撩拨得孙二娘火起，心里骂道："这贼配军却不是作死，倒来戏弄老娘！"武松"戏弄老娘"，招来孙二娘报复性"防卫"，不能反怪孙二娘凶残吧？再者，武松也并没有真的被"开剥"呀！至于武松为

孟州卖人肉

什么会对孙二娘有这些轻薄言行，一是因为他在刺配途中，落拓得很，空虚得很，无聊得很，因而借酒兴寻找一些刺激，打发流徙的寂寞，这也是人之常情；二是故作狂荡，以测试、观察一下孙二娘是不是真如传说中的"母夜叉"，这也是一种老江湖的警觉之心和先发制人的自我保护。

其实，孙二娘是很富人情味的。当她和丈夫张青得知酒店来客竟是景阳冈上打虎英雄武松时，马上尽释前嫌，并从此结为终生兄弟至交，血肉相连，患难与共。当武松大闹飞云浦、血溅鸳鸯楼而被官府追捕时，孙二娘通过快活林的客商到处打听武松的消息。而当武松决定投奔二龙山的鲁智深、杨志时，孙二娘担心途中被官府发现，便细心地为武松化装、掩饰："阿叔脸上，现今明明地两行金印，走到前路，须赖不过"，"把头发剪了，做个行者，须遮得脸上金印"，"换了一包散碎银，都拴在缠袋里，系在腰里"，"腰里跨了这两口戒刀"，"取出这本度牒，就与他缝个锦囊盛了"，"教武松挂在贴肉胸前"（三十一回）。这一切，使武松感受到亲人般的体贴与关怀，以至于他逢人便说："孙二娘教我做了头陀行者"，整套行头"却一似与我身上做的"。孙二娘那细心、周密的大嫂形象跃然纸上。可以说，小说中孙二娘身上温柔的女人味远胜过脸谱化的母夜叉的杀气，正如鲁智深所说："菜园子张青，其妻母夜叉孙二娘，甚是好义气。"（十七回）

这样一位"好义气"的女人，终于在那个社会里无法平静地生活下去，"（二龙山）鲁智深、武松连连寄书招他，亦来投军入伙"（五十七回）。后来，三山聚义，孙二娘与大伙儿同归梁山大寨，参加了农民义军。（五十八回）在征方腊的战争中，丈夫死了，孙二娘"着令手下军人，寻得尸首烧化，痛哭了一回"，最后自己也被"飞刀伤死"（一百十八回）。

　　通读《水浒传》，须知，孙二娘卖过"人肉馒头"只是传言，只是夸张，实际上，她善良、仗义、爽朗，是封建时代平民女性形象的真实写照，我们丝毫不应痛恨这名"母夜叉"，而应当对这位女将陡生敬佩、同情、伤惋之情……

绝世好妻扈三娘

扈三娘是《水浒传》七十二地煞星中的地慧星，最初出现在第四十七回，在《水浒》所描写的那个淫妇毒妻俯拾皆是的世界里，一丈青扈三娘堪称贤妻典范。

在扈三娘出场之前，作者便通过杜兴之口让读者知道扈家庄的扈三娘是何等了得的女子：

> 西边那个扈家庄，庄主扈太公，有个儿子，唤做飞天虎扈成，也十分了得；惟有一个女儿最英雄，名唤一丈青扈三娘，使两口日月双刀，马上如法了得。

那正是：

> 蝉鬓金钗双压，凤鞋宝镫斜踏。连环铠甲衬红纱，绣带柳腰端跨。霜刀把雄兵乱砍，玉纤将猛将生拿。天然美貌海棠花，一丈青当先出马。

许是因为如此宣传，导致扈三娘一亮相还未交手便吓住了号称要攻打祝家庄的宋江。他望着青鬃马上的抡刀美人，说

矮脚虎被擒

道："刚说扈家庄有这个女将，好生了得，想来正是此人，谁敢与他迎敌？"话音未落，王英出列。

王英、扈三娘两人在马上打了十几回合，那王英便招架不住，手颤脚麻，枪法都乱了，真是险象环生。正待王英回马要逃时，被扈三娘拎猴般一把提起来，活捉去了。后来曾有人据此推测扈三娘臂力了得，其实客观估算她并非有洪荒之力。你看王英绰号王矮虎，想来个头矮小，体重甚轻，彼时战场上急着逃走，又必定背后空门大开，毫无防备，所以扈三娘一把将他抓下马来，并不需要多大的力气。此后扈三娘斗欧鹏、迎马麟，追得宋江仓皇奔逃，那真叫一个威风八面。由此可见扈三娘功夫好，武艺高强，堪称女中豪杰，这是她的第一大特点。

扈三娘的第二大特点是对团队的服从、对领袖的忠诚，体现了中国古代妇女"三从"中的"从父"之德。宋江三打祝家庄之战中，扈三娘终被林冲打败，被擒上梁山，可接着有趣的事情来了：按说宋江抓了敌将，而且还是个把自己追得狼狈不堪的女流，按照梁山的惯例，要么吸收其入伙，从此一起大块吃肉大碗喝酒，要么整治一番，最不济也该拿她换回被抓了的王矮虎。可是梁山大哥宋江的举动太匪夷所思了，他对扈三娘不打不骂不劝降，只派了一队人马把扈三娘护送回梁山后寨，暂住他爹宋太公家，做了宋太公的"干女儿"。

宋江大破祝家庄之后，这天梁山上大摆筵席，热闹非凡，宋江让人把扈三娘带到席前，说："我有个兄弟，武艺呢不算很好，但当初我曾答应帮他讨个老婆，你瞧，今天是个好日子，天气挺不错，大伙也都在，你就嫁给他吧。"

扈三娘问："你这个兄弟是谁？"

宋江道："是王英，你应该记得他啊，就是那个阵前被你

智破祝家庄

抓去的，什么是缘分，这就是缘分！"

　　说到"缘分"二字，扈三娘顿时忘了自己家庭与梁山的血海深仇，倒是想到归顺梁山这些日子，宋太公待自己如同亲生，宋江又一口一声"贤妹"追着叫，梁山兄弟都似一家人，齐声保媒，这还真是意想不到的一段缘分，于是她"推却不得"，和王英低头拜谢宋江，接受了这桩婚事。读者可以想一想，矮脚虎王英是个爱美女的角儿，宋江又亲自做这个媒，所以想必扈三娘不丑，甚至可以算是个美人，正如判词中所写"天然美貌海棠"（其绰号"一丈青"，意谓身材高挑，相貌妖娆），不然宋江不会当众把个丑姑娘嫁给自家兄弟。不过作为一个绝世好妻，仅仅长得美兼有武功、会打仗是不够的，更难得的是扈三娘从此夫唱妇随，随宋江征战四方，只字不提梁山杀了她娘家全家的深仇大恨，更没有一丝一毫的复仇行为。在丈夫和娘家的矛盾中，她坚定地、完全彻底地站在了丈夫这一边；在家庭和梁山事业的矛盾中，她忠诚地选择了梁山事业；在战场对手和新的"家庭"成员矛盾中，她选择顺从"干爹"，顺从"大哥"，顺从"弟兄们"。这些，于古于今还不够一个"绝世好妻"的标准吗？

　　成为人妻的扈三娘，对自己的丈夫王英更是尽足了"妇道"，不管你认为扈三娘嫁给这样一位丈夫是否值得（也许你觉得越"不值"就越同情她、尊敬她），但她对丈夫的生死不渝的忠诚，更是令人感动的。她做到了古代妇女"三从"之德中的"从夫"。

　　说到"从夫"，我们再来看一看扈三娘的丈夫，王英王矮虎。

　　话说这王矮虎真是个妙人，梁山各位英雄不论功夫高下、文化高低，要想与梁山为伍，不近女色是基本条件。而王矮虎却是个异类，一见到漂亮女子，腿脚就不利索，早在他娶扈三娘之前就劫了"朝廷命官的恭人"、清风寨知寨刘高的妻子，吓得宋江下跪求他放人，这才有为他"完娶一个"正妻的许诺，也才有了王英、扈三娘的婚姻。不过，王英这"好色"的弱点在娶了扈三娘之后还时有暴露，《水浒传》第九十八回写到，梁山队伍受了朝廷招安讨伐田虎，田虎派出幼女琼英做先锋，小姑娘阵前一亮相，盘亮条顺，英姿飒爽，美呆了；其马前旗号"平南先锋将郡主琼英"，更使得整个战场都震动了。矮脚虎王英见是个美貌女子，迫不及待地骤马出阵（这个场景真熟悉），两个人打斗到十数余合，王矮虎一边看美女一边打仗，难免心猿意马，枪法大乱（这个场景也熟悉），竟被琼英刺中左腿，摔下马来。在此千钧一发之际，扈三娘杀了出来大骂："贼泼贱小淫妇儿，焉敢无礼！"飞马抢出，来救王英。什么是贤惠？这就是贤惠！在这一刻，做妻子的扈三娘没有嫉妒，没有不甘，也没有因丈夫临阵为美色所迷而伤心。这一刻，她心中只有丈夫的性命安危，同众将一起救回了王英。

王英、扈三娘这一对因征战而结缘、在战场上互相保护的佳偶，随着宋江一路征讨，立功无数。生活中，战斗中，有王英的地方就有扈三娘，有扈三娘的地方也就有王英，堪称模范夫妻，以至夫妻二人最终为了国家，为了团队，同时战死在沙场上，是可谓"虽不能同年同月同日生，但求得同年同月同日死"，亦是令人唏嘘叹惜！书中第一百一十七回对王英、扈三娘之死有一段详细描写：宋江攻打方腊的睦州，为了阻挡方腊的援军，便派王英、扈三娘迎击方腊部将郑彪。

夫妻二人带领三千马军，投清溪路上来，正迎着郑彪，首先出马，便与王矮虎交战。两个更不打话，排开阵势，交马便斗。才到八九合，只见郑彪口里念念有词，喝声道："疾！"就头盔顶上，流出一道黑气来。黑气之中，立着一个金甲天神，手持降魔宝杵，从半空里打将下来。王矮虎看见，吃了一惊，手忙脚乱，失了枪法，被郑魔君一枪，戳下马去。一丈青看见戳了他丈夫落马，急舞双刀去救时，郑彪便来交战。略战一合，郑彪回马便走。一丈青要报丈夫之仇，急赶将来。郑魔君歇住铁枪，舒手去身边锦袋内，摸出一块镀金铜砖，扭回身，看着一丈青面门上只一砖，打落下马而死。可怜能战佳人，到此一场春梦。

回顾扈三娘一生，原本是扈家庄年轻貌美的小姐，也曾有富贵的生活，但阴差阳错，嫁了个梁山好汉王英，在危险而艰苦的岁月中，她毫无怨言，为王英战，为王英骂，为王英死。以封建时代的道德标准来看，应是世间少有的贤妻，即令今人看来，这种夫妻之间患难同当、生死与共的品德，也是值得赞赏的。所以《水浒传》的作者给扈三娘冠以"地慧星"之名，实在有接地气、扬慧心之妙！

王英 扈三娘

燕青：市井好汉梦

天巧星燕青在《水浒传》三十六天罡星中，排在最末一位。虽说他在天罡星中的座次不够靠前，施耐庵却说："话说这燕青，他虽是三十六星之末，却机巧心灵，多见广识，了身达命，都强似那三十五个。"（七十四回）而且，在上梁山之前，燕青只不过是北京大名府员外卢俊义家中的一个仆人，但作者却花大量篇幅来描写、赞颂他，其中诗、词、白话全都用上，可见燕青是《水浒传》作者精心塑造的一个特殊的人物形象。且看原文：

说犹未了，阶前走过一人来。但见：

六尺以上身材，二十四五年纪，三牙掩口细髯，十分腰细膀阔。带一顶木瓜心攒顶头巾，穿一领银丝纱团领白衫，系一条蜘蛛斑红线压腰，着一双土黄皮油膀夹靴。脑后一对挨兽金环，护项一枚香罗手帕，腰间斜插名人扇，鬓畔常簪四季花。

这人是北京土居人氏，自小父母双亡，卢员外家中养的他大。为见他一身雪练也似白肉，卢俊义叫一个高手匠人，与他刺了这一身遍体花绣，却似玉亭柱上铺着软翠，若赛锦体，由你是谁，都输与他。不则一身好花绣，更兼吹的、弹的、唱的、舞的、折白道字、顶真续麻，无有不能，无有不会；亦是说的诸路乡谈，省的诸行百艺的市语。更且一身本事，无人比的：拿着一张川弩，只用三枝短箭，郊外落生，并不放空，箭到物落；晚间入城，少杀也有百十个虫蚁。若赛锦标社，那里利物，管取都是他的。亦且此人百伶百俐，道头知尾。本身姓燕，排行第一，官名单讳个青字。北京城里人口顺，都叫他做浪子燕青。曾有一篇《沁园春》词单道着燕青的好处，但见：

> 唇若涂朱，睛如点漆，面似堆琼。有出人英武，凌云志气，资禀聪明。仪表天然磊落，梁山上端的夸能。伊州古调，唱出绕梁声，果然是艺苑专精，风月丛中第一名。　　听鼓板喧云，笙声嘹亮，畅叙幽情。棍棒参差，揎拳飞脚，四百军州到处惊。人都美英雄领袖，浪子燕青。(六十一回)

一个看似不起眼的家奴，却得到作者如此浓墨重彩的描写，渲染成地位在七十二地煞之上的"天罡星"，而在三十六"天罡星"中，综合素质又"都强似那三十五个"。那么，燕青是怎样完成由市井小民向声名显赫的大英雄转变的呢？或者说，他有哪些特点、哪些看家本事，能折服梁山众英雄，能换得梁山上如此靠前的座次呢？综观全书，不难看出，燕青靠的是对主人的忠诚（品德），靠的是独门特技的相扑功夫（武功），靠的是吹拉弹唱的特长（才艺），靠的是见多识广、心灵机巧、能说会道的行事风格（处世之道）。他凭这一切，实现了自己的好汉梦，且在"功成名就"之后，最终的结局是消失在尘世之外、消失在众人的视线之中。他的梦实现得快，他从梦中觉醒得也早……

《水浒传》中，燕青有几件事是令人印象深刻的。首先是他搭救其主人卢俊义，在第六十一回吴用设计赚卢俊义上梁山，这卢俊义听了吴用"你有血光之灾"的大忽悠之后，舌战众人，死活要往梁山边上去避祸，燕青就是同他舌战的"众人"之一。换句话说，燕青就是极力阻止卢俊义外出"避祸"的人之一。倘若卢俊义听了燕青的话，当然也就没有后来真正的"血光之灾"了。等到卢俊义被宋江等人赚上梁山，并且三日一大宴两日一小宴困在梁山几个月，好不容易脱身时，他在北京城外看到有个人灰头土脸，衣服破烂，居然是燕青。细问才知道，在卢俊义滞留梁山期间，他的老婆同管家李固私通，夺了卢家家产并且诬告卢俊义谋反——也不能算是诬告，墙上有卢俊义亲笔写的"反诗"呢。打击太大，卢俊义简直不敢相信这一结果，喝骂燕青道："我家是什么人家？我卢俊义是什么人？怎会有这些怪事发生？肯定是你骗我！"燕青痛哭，拜倒地下，拖住主人衣服。卢俊义一脚踢倒燕青，大步进城，却被李固伙同梁中书捉住，押进死牢。

卢俊义被官府关押牢中，十分后悔当初没听燕青的话，以致滞留梁山，给官府留下"通匪"的口实；更后悔回来后没有相信燕青通报的家中变故，以致今日陷入囹圄。他几乎绝望了，但这天突然有个人到狱中看望卢俊义，只见他手里提个饭罐，面带忧容——竟然还是燕青。燕青噙着两行眼泪，恳求牢头："这位大哥，可怜见小人的主人卢员外被冤枉关进来，我又没有钱送饭，只好在城外讨到这半罐子饭，给主人充饥。请牢头大哥行个方便吧。"说罢，泪如雨下，拜倒在地。想当初卢俊义发达时，京城员外大财主，人人笑脸相迎，那也算是车水马龙，热闹非凡。如今落魄了，谁也不想沾他的边，生怕牵连到他这个"通匪"的死囚。卢俊义也深知人情冷暖、世态炎凉的现实，但他没想到第一个也是唯一一个讨饭也要来看自己的人，居然是浪子燕青！有了燕青的"接济"，卢俊义才幸免饿死在狱中。

后来，在梁山柴进等人的斡旋之下，卢俊义由死刑变成"脊杖四十，刺配三千里"。在刺配的路上，两个差役又是打骂又是饿他肚子，有时还用滚水烫伤他的脚，真是生不如死。行了几天，走到一处密林里，两个差人一对眼神：就是这了！绑了卢俊义要在林里结果他。卢俊义浑身是伤又被捆得动弹不得，只能泪如雨下，低头等死。等了半天不见动手，抬头一看，两个差人都中箭死了。瞬间又见一个人拿了弩弓从树上跳下来，割断绳索，抱住卢俊义放声大哭，此人自然又是燕青！卢俊义定了定神问："我们俩是不是魂魄相见？"燕青说："小人一直在跟踪这两个家伙。看见他们去见李固，小人就猜到他们要害主人，连夜直跟出城来。主人在村店里时，小人躲在外头，主人五更里起来，小人就先在这里等候，想两个狗差人一定来这林子里下手，故此躲在树上，射杀了这两个家伙。"燕青救了卢俊义性命，两人一路有惊无险，终于上了梁山。

燕青对主人的忠诚，卢俊义是记在心里的；燕青救了卢俊义，梁山才有了这个"二把手""天罡星"，燕青对梁山事业的"义"，众英雄也是记在心里的。所以，这个"仆人"出身的"天巧星"，在梁山兄弟中人缘是最好的。

燕青之所以成为英雄，仅靠他的"忠义"是不够的，他的武功在梁山也不落人后。他不但"一身本事，无人比的"，"拿着一张川弩，只用三枝短箭，郊外落生，并不放空，箭到物落；晚间入城，少杀也有百十个虫蚁"，而且还有一项独门特技——相扑。《水浒传》第七十四回专写"燕青智扑擎天柱"，那真是精彩纷呈，既让燕青威名震慑泰安州，也使梁山众兄弟对燕青佩服得五体投地。

话说泰安州每年春天在"天齐圣帝降诞之辰"（三月二十八日）有一个比武的擂台，这一年，本州太守挂了利物（即悬赏），请来了一个"扑手好汉"作擂主。擂主"太原府人氏，姓任，名原，身长一丈，自号擎天柱"，并且挂牌号称"拳打南山猛虎，脚踢北海苍龙"，一时不曾逢着对手。眼见比武日期将近，燕青在梁山大帐中，对宋江和众兄弟说："小乙（燕青）并不要带一人，自去献台上，好歹攀他擞一交。若是输了擞死，永无怨心；倘或赢时，也可与哥哥增些光彩！"你看，燕青以自己那"瘦小身材"，怀着为梁山争光、为领袖添彩的愿望，来到泰州擂台。作者写燕青在数万人群中"捺着两边人的肩膀"，"从人背上直飞抢到献台上来"，叫声："看扑"，便开始了惊心动魄的搏斗：

这个相扑，一来一往，最要说得分明，说时迟，那时疾，正如空中星移电掣相似，些儿迟慢不得。当时燕青做一块儿蹲在右边，任原先在左边立个门户，燕青只不动弹。初时献台上各占一半，中间心里合交。任原见燕青不动弹，看看逼过右边来，燕青只瞅他下三面。任原暗忖道："这人必来算我下三面。你看我不消动手，只一脚踢这厮下献台去。"任原看看逼将入来，虚将左脚卖个破绽，燕青叫一声："不要来！"任原却待奔他，被燕青去任原左胁下穿将过去。任原性起，急转身又来拿燕青，被燕青虚跃一跃，又在右胁下钻过去。大汉转身终是不便，三换换得脚步乱了。燕青却抢将入去，用右手扭住任原，探左手插入任原交裆，用肩胛顶住他胸脯，把任原直托将起来，头重脚轻，借力便旋四五旋，旋到献台边，叫一声："下去！"把任原头在下，脚在上，直撺下献台来。这一扑，名唤做鹁鸽旋，数万的香官看了，齐声喝采！

"燕青打擂"这一扑，已然完成了他从"市井小民"向"梁山好汉"的转变，已然奠定了他"天罡星"的牢固地位！

如果说上面的故事表现了燕青的忠义和武勇，下面一出燕青更是唱得精彩连连，机变过人。原来，书中第七十二回写到，这一年元宵节，宋江突然来了兴致要上东京看灯会（实际上要为将来接受朝廷"招安"找点门路），梁山派出柴进和燕青先进京踩点。这一探，宋江才知道自己和王庆、田虎、方腊被朝廷称为"四大寇"，作为"四大冠"之首，宋江的压力肯定比较大，进京城而不被人认出来（宋江脸上曾刺过囚犯金印）、不被抓捕，恐不容易，于是他挖空心思想门路。听说京城名妓、花魁李师师和当朝皇帝的关系非同一般，宋江想通过李师师的关系（"枕头上关节最快"）见一见皇上，表一表衷肠。于是要燕青去牵线。

燕青同李逵一道来到东京，直接到了李师师门前，走到中门。请注意，是径直到中门，这就如同当今的人借酒店的厕所一样：倘若你畏畏缩缩地在大门徘徊，保安肯定要上来盘问：啊，原来你没住我们这，就是个来蹭厕所的？一边去！一边！如果你横冲直撞大着胆子径直往里走，反而没人敢问你。燕青一路大摇大摆走到屋内，看四下还是没有人，咳

燕青 李逵

嗽一声，只见屏风背后转出一个小丫头问："你是谁？从哪里来的？"燕青说："麻烦你把你们妈妈（老鸨）请出来。"不一会儿工夫，李妈妈出来问："小哥高姓？"燕青惊讶说："您忘了啊，我是张乙的儿子张闲啊，也难怪您不认得了，我小时候就在外地，最近才回乡。"原来这世上姓张姓李姓王的最多，燕青实在说得狡猾。这妇人在灯下看不清楚人，想了半天说："啊！想起来了，你是太平桥下的小张闲，怎么这么久没来呀？"燕青乐的她给自己圆话，接着说："我认识个山东客人，钱多得数不清啊，他今天来咱们这里有个心愿，就是想见师师姐姐一面，也不过是一起喝喝酒，谈谈艺术人生什么的，非常好打发！不是我吹牛，这人有上千两金银要送给你们哩。"你看，燕青多么乖巧，多么机灵，多么会说话儿！青楼李妈妈见有这么好赚的钱，立刻就答应了。

于是燕青引宋江等人见李师师，会面是在友好平和的气氛下进行的：李师师唱歌，柴进讲笑话，燕青附和，宋江还填了一首《念奴娇》词，大谈人生理想，说是：

> 天南地北，问乾坤何处可容狂客？借得山东烟水寨，来买凤城春色。翠袖围香，绛绡笼雪，一笑千金值。神仙体态，薄幸如何消得？　　想芦叶滩头，蓼花汀畔，皓月空凝碧。六六雁行连八九，只等金鸡消息。义胆包天，忠肝盖地，四海无人识。离愁万种，醉乡一夜头白。

词中已暗示了梁山事业状态以及渴望朝廷招安，以期能走上安邦定国的"正道"之主题，词意曲风确实具有几分感染力，加之燕青时不时地用火炭般的金银打点，一干人相处得十分融洽。可惜他们忘记了一个大麻烦——李逵，这黑旋风见他们喝酒听歌不亦乐乎却派自己守门（怕他吓死了人家老少女眷），于是扯了幅画点上火，烧了李师师家，其时正逢皇上来李师师家幽会，这一闹，吓得皇上一道烟似的跑了，宋江等人也只能狼狈出城，当然就失去了亲见皇上的难得机会。

《水浒传》第八十一回又写到燕青二见李师师。那是在宋江三败高俅，有了与官家"谈判"招安的资本之后，派燕青等人二进东京，去见李师师"钻刺关节"。这回他们不用硬闯，轻车熟路地进了李师师家。李妈妈出来一看是燕青，吃了一惊："怎么你还敢来？"燕青说有要紧的话只能说给李师师听。李师师在窗子后听了走出来。燕青见她来了，先对着李妈妈拜了四拜，又对着李师师拜了两拜，李师师说："免礼，我年纪小，受不得你拜。"所以，进京城，见名妓，又对这位年纪轻轻的女子"拜了两拜"，这活儿只能燕青做，梁山上放眼望去，个个都是武勇、傲岸的角儿，谁愿意去拜女人？而能够该服软时就服软，愿意拜李妈妈、拜李师师这样女子的只有燕青一人，这也就是燕青"仆人"出身的"英雄"特色，也是宋江等领袖人物常常倚重他的一个重要原因。自从上次元宵节一闹，燕青明白，李师师对他的梁山好汉身份已经知道了大半，于是当下据实相告：

> "上次来见你的那些人都是大有来头：黑矮身材，为头坐的，正是呼保义宋江；第二位坐的白俊面皮三牙髭须的那个，便是柴世宗嫡派子孙，小旋风柴进；这公人打扮，立在面前的，便是神行太保戴宗；门首和杨太尉厮打的，正是黑旋风李逵；小人是北京大名府人氏，人都唤小

人做浪子燕青。我们求见你，是因为听说你能见到皇上，以此特来告诉衷曲，指望你能将咱梁山泊'替天行道''保国安民'之心，上达天听，早得招安，免致生灵受苦。若蒙如此，则娘子是梁山泊数万人之恩主也！如今朝廷奸臣当道，谗佞专权，闭塞贤路，下情不能上达，因此上来寻这条门路，不想惊吓娘子。今俺哥哥无可拜送，只有些少微物在此，万望笑留。"

这一番话吹捧得李师师贤德才智足以彪炳千秋、传诵万民似的，而李师师也居然笑纳了燕青吹捧的话语。所以聪明人如燕青之类不会去赞学者渊博、戏子漂亮，偏偏倒过来说学者美丽、戏子有才华，这也正是燕青的机敏之处。一番说辞之后，燕青便打开帕子，摊在桌上，都是金珠宝贝器皿。话在理，人懂事，钱可爱，李师师等人立刻尽弃前嫌，准备了酒肉招待燕青。席间，燕青又是"呜呜咽咽"地吹箫，又是"声清韵美，字正腔真"地唱曲，才华尽展。李师师见燕青一表人才，便看上了他，有心招引。但燕青"是个百伶百俐的人，如何不省得？他却是好汉胸襟，怕误了哥哥大事，哪里敢来承惹？"于是说道："既然你我感情这么好，不如我们结拜为姐弟吧。"然后和李师师拜了八拜结义。燕青这番作为，本为拒绝却做得漂亮、得体，也正是他真正的英雄品德的体现。所以，《水浒传》作者称赞燕青"心如铁石，端的是好男子"。

就在这次见面期间，又巧遇当朝皇上临幸李师师，李师师当即以姐弟身份将燕青引荐给皇上，燕青也是吹、拉、弹、唱，与李师师一道"伏侍圣上饮酒"，席间趁皇上高兴，亮明身份，把梁山的本心以及朝中高俅、童贯等奸佞的恶行一并

月色遇道君

禀上，获得了皇上信任，完成了梁山领袖宋江派他来寻求"招安"的政治使命，同时还为自己讨得一纸"免死"诏书。

梁山上众多好汉各具所长：武功高强者有，侠义盖世者有，豪爽天真者有，智谋百出者有，而燕青始终是好汉中最招人喜爱的那一个。无论富贵还是落魄，甚至是行乞要饭，始终坚定地为卢俊义鞍前马后效劳，即使被误会被踢打也毫无怨言；为人多才多艺却懂得收敛藏巧，当高俅自夸善于相扑时，他却不露声色，直至其他兄弟一再要求他和高俅比试，他才上阵；为人忠义却也懂得圆滑变通。在燕青身上，聚集着老百姓最喜欢的性格、最羡慕的才华和最渴望的经历——燕青：市井百姓的一个梦。

书到第一百一十九回，宋江平了方腊班师回朝就等着封赏时，燕青却突然向卢俊义辞行："我自幼随侍主人，蒙恩感德，一言难尽。今既大事已毕，欲同主人纳还原受官诰，私去隐迹埋名，寻个僻净去处，以终天年，未知主人意下若何？"卢俊义道："自从梁山泊归顺宋朝已来，俺弟兄们身经百战，勤劳不易，边塞苦楚，弟兄损折，幸存我一家二人性命。正要衣锦还乡，图个封妻荫子，你如何却寻这等没结果？"燕青笑道："主人差矣！小乙此去，正有结果，只恐主人此去无结果耳。"劝说无果，燕青对卢俊义拜了八拜，不知投何处去了。

书里虽写燕青"笑道"，然而他的话一字一句读起来却酸涩逼人，水浒梁山快意恩仇到底只是百姓的一场美梦，到了第一百一十九回这个美梦再也做不下去了，梦终于来告别。燕青从"家奴"到"好汉"，再到朝廷将校，这经历实际上是一场梦，但他醒得早，他纳还"原受官诰"，又去寻找真实的"僻净去处"，那梁山其他好汉呢？他们的梦又丢在哪里？

柴进：梁山团队中的边缘人物

　　《水浒传》中的柴进，是三十六天罡星中的"天贵星"，在梁山泊英雄中排行第十。柴进出身显贵，是被宋朝取代的后周皇帝柴世宗的嫡传后代，为人仗义且交友生冷不忌，故而"天贵星"一称当之无愧。然而细看柴进的行为遭遇，表面上是丹书铁券、龙子龙孙，行情大好，实际上却如蝙蝠一般游走于当时社会的边缘，左右皆不是人。

　　我们按称呼把柴进生平划为三个阶段：第一阶段为"柴大官人"阶段；第二阶段为"天贵星柴进"阶段；第三阶段为"都统制柴进"阶段。

　　第一阶段的柴大官人身为前朝皇族后裔，时值三十四五岁，生得龙眉凤目，皓齿朱唇，帅呆了，又有传说中可以免罪的丹书铁券，真是风光无限，无人可比。而且柴大官人还有一个特别的爱好——专门结交天下往来的好汉：不管犯事没犯事的，是好汉来了就养在柴家庄，管吃管住还包盘缠，要是哪个英雄没听说过柴大官人、没被柴大官人请吃过几顿，你出门都不好意思和人打招呼，不好意思说受人抬举、见过世面。有时，大官人还常常抽空带着一簇英雄打打猎，踏踏青，春游春游，那阵势远远看去，人人俊丽，个个英雄，煞是风光。

这一时期的柴大官人对后来梁山事业最大的贡献是救林冲、宴宋江、留武松。读者不要以为这三个人物是响当当的英雄，谁都想结交，要知道他们遇到柴进的时候不是在逃犯人（武松），就是在押犯人（林冲、宋江），不是招惹了权贵以及权贵二代，就是不留神杀了小老婆，所以宋江投奔柴进时，自己都有点不好意思："今日宋江不才，做出一件没出豁的事来，弟兄二人寻思，无处安身，想起大官人仗义疏财，特来投奔。"柴进听罢，笑道："兄长放心。遮莫做下十恶大罪，既到敝庄，但不用忧心。不是柴进夸口，任他捕盗官军，不敢正眼儿觑着小庄。"（二十二回）你看，犯人来投奔，换旁人还不得吓一跳，可是柴大官人是人才啊，眼睛都没眨，只是笑一笑就接纳了。宋江听得眼珠子都快掉下来，所以他后来在柴家庄洗澡、换衣、吃饭，都不再跟柴大官人客气了。

帮人避祸不说，柴大官人还热心替人找出路。比如他资助王伦去梁山，又帮助林冲去投奔王伦，虽然后来王伦忘恩负义，处处刁难排挤林冲，让人感到柴进交友亦有不慎之处。然而，毕竟所帮助的人物中英雄居多，瑕不掩瑜，功过是非另当别论，非本文主题。

第一阶段的"柴大官人"是一只幸运的蝙蝠：在绿林好汉中间有声望，有手段，恰恰是因为他不是完全的好汉——贵族背景，有权有钱，不怕官府。同时，柴进在官府中吃得开则因为他又不是纯粹的官吏——前朝宗室，政治超脱，财富丰裕，故而便于结交绿林。他是兽中之鸟，又是鸟中之兽，水陆两栖，游走自如，左右逢源，和而不同，这个边缘人物当得真是微妙至极，令人艳羡万分。

然而好景不长，做个受欢迎的边缘人物如同走钢丝，要想走得稳走得好，必须注意风速、心跳、温度变化等，也就是说，一旦风吹草动风向有变，这钢丝就走不稳了，甚至可能掉到地上摔得头破血流。果然，没过多久，一阵小风就嗖嗖吹到了柴大官人身上，令他从人生的高处一下子跌落到谷底，从"柴大官人"一下子沦为被官府收监的"犯人柴进"，并且不得不投奔梁山。

这里说一说柴进人生的第二阶段。《水浒传》第五十二回写道：有一天柴进收到一封信，说他有个叫柴皇城的叔叔住在高唐州，因知府小舅子殷天锡要强占花园，故而写信要柴进去商议对策。合该柴进倒霉，同他一起看这封信的是李逵，李逵知道事情的原委之后，便抄着板斧说："俺也要去！"当天两人一起出发，不到一天就到了高唐州，入城直接去柴皇城家，那柴皇城因被殷天锡"推抢殴打"，已经奄奄一息，柴进安慰婶娘道："请婶婶放心，只管好好照顾叔叔，等我把丹书铁券拿来了，和他算总账，这可是太祖留下的圣旨，我家又占理，别说是个小县令，就是告到当今皇上那儿，咱们也不怕他！"然而不多时，柴皇城已气病而死，柴进悲痛不已，随同他前去的李逵兄弟却对殷天锡恨得摩拳擦掌。

到服丧第三天，殷天锡骑了马，带了几十个闲人，先到城外游玩了一遭，喝得半醉，来到柴皇城宅前，叫里面管家的人出来说话。柴进穿着一身孝服出来应对。那殷天锡在马上问道："你是他家甚么人？"柴进答道："小可是柴皇城亲侄柴进。"殷天锡道："前两天我让他家搬出去，怎么还没搬？"柴进道："叔叔卧病，不敢移动，今天晚上病逝了，怎么也要等头七过了再搬出去是不是？"殷天锡道："我只限你三日，三日后不搬，先把你这厮抓起来揍一顿！"柴进刚才是耐着性子低声下气地说了半天，这时候脾气也上来了："你别太欺负人了！我家也是龙子龙孙，有丹书铁券，谁敢不敬？"殷天锡喝道："丹书铁券？你拿出来我看！"柴进道："现在沧州家里，已使人去取来。"殷天锡大怒道："这厮正是胡说！就是有丹书铁券，我也不怕，左右与我打这小子！"

黑旋风李逵在门缝里都瞧见了，听得喝打柴进，便拽开房门，大吼一声，直抢到马边，早把殷天锡揪下马来，一拳打翻。那二三十人想抓住李逵，被李逵一家伙打倒五六个，剩下的一哄都走了。李逵提殷天锡起来，拳头脚尖一发上，柴进哪里劝得住，殷天锡三两下就被打死了。这边李逵打得痛快，那边柴进知道闯下大祸，脸色已变，连忙安排李逵逃走，自己留下应付。果然没多久，就有两百多人抄了家伙围住柴皇城家，柴进硬着头皮出来，被他们绑了送到州衙内，当厅跪下。知府高廉听得打死了他的小舅子殷天锡，正在厅上咬牙切齿，看到柴进，喝道："你怎敢打死了殷天锡？"柴进辩白："小人是柴世宗嫡派子孙，家门有先朝太祖丹书铁券，现在沧州居住。因为叔叔柴皇城病重，特来看视，叔叔不幸病逝，现今停丧在家。殷天锡带三二十人到家，一定要把我们赶出去，不容柴进分说，喝令众人殴打，庄客李大为了保护我，一时失手将其打死。"高廉喝道："李大现在那里？"柴进道："心慌逃走了。"

高廉道："他是个庄客，不是你让他打，他怎么敢打死人！你又故意让他逃走了，却来蒙蔽官府。你这家伙，不打如何肯招？衙役们，给我使劲打！"柴进叫道："庄客李大救主，误打死人，非干我事！放着先朝太祖免死丹书，你怎么可以对我用刑？"高廉道："丹书在那里？"柴进道："已使人回沧州去取来也。"高廉大怒，喝道："这小子骗人，左右给我用力痛打！"众人下手，把柴进打得皮开肉绽，鲜血迸流，只得招供说是自己让庄客李大打死殷天锡，高廉命取了二十五斤死囚枷钉了，发下牢里监收。高廉妻子要与兄弟报仇，教丈夫抄没了柴皇城家私，监禁下人口，占住了房屋围院，此后便引出宋江等人为救柴进大战高廉，李逵由井下救上柴进等故事，于是，上梁山便成为柴进唯一的选择。

由"柴大官人"变为"梁山好汉柴进"，说明柴进实际上是统治阶级中的一个边缘人物。他说自己是前朝宗室，有丹书铁券，这在统治阶级内部没有冲突、没有对立时，大家会睁一只眼闭一只眼，宁信其有，不信其无，一团和气，相安无事；一旦有事，且不是什么大事，就是人家小舅子看上你叔叔家房子，利益冲突出现了，那就到动真格的时候了。此时说什么"前朝宗室"，实际上不过是被赶下台的前朝余孽，一个县令就能玩死你。至于"丹书铁券"——真的有吗？就算真有，就让那位给你颁发丹书的太宗皇帝从皇陵爬出来放你好了。这是柴进的尴尬，也是边缘人物的尴尬，实际上是导致柴进上梁山的真正原因。

可能是想通了这一层，上梁山后的柴进虽说原本名气、能力比宋江、卢俊义等高上一大截，但他服从调度，听从安排，绝少怨言，甚至很少主动提到他那最引以为傲的家世，因为在只问战功不问出身的梁山革命队伍中，"柴大官人"再也不是一张响当当的名片了——他也只是梁山领导核心中的一个边缘人物。

柴进人生中再次成为"边缘人物"是在梁山好汉被招安，并以官军身份替宋朝皇帝征讨农民起义军方腊队伍之后。征方腊归来，梁山一百零八将"十去其八"，只剩下凄凄惨惨的

探穴寻柴进

二十七人，但这二十七人都得到了朝廷"封赏"，柴进便被封为"横海军沧州都统制"。但这位"都统制"却有一个特殊的"历史问题"：他曾是"反贼"方腊的女婿。这便是《水浒传》第一百一十六回所写柴进和燕青奉命混进方腊统治区"卧底"的故事。柴进扮作白衣秀才，化名柯引，同燕青一起到睦州拜见方腊政权的右丞相祖士远，得其引荐见了方腊。方腊见柴进仪表不凡，有龙子龙孙气象，又口口声声说方腊所在地有天子气、方腊长了一张当皇帝的脸等等，诳得方腊心花怒放，竟封柴进做了"中书侍郎"，后又索性招赘柴进为驸马，把金芝公主嫁给他。此后方腊凡有军情重事，都让柴进来出主意，柴进也曾装模作样在战场上与宋军"鏖战"，骗取了方腊信任，更加倚重"柯驸马"。然而没几天驸马终于倒戈，杀得方腊大败而逃，柴进为宋军"平方腊"立下了大功。

按说，凭借这些"功劳"，柴进获封"都统制"应是心安理得的，然而同样获封"都统制"、柴进的战友阮小七的遭遇却让柴进意识到自己这个"归正人"的尴尬处境：《水浒传》第一百二十回写阮小七因曾"戏穿过方腊的赭黄袍、龙衣玉带"，而被童贯、蔡京告发他"怀心不良"，"奏过天子，请降了圣旨"，"追夺阮小七本身的官诰，复为庶民"。柴进便想道："我亦曾在方腊处做驸马，倘或日后奸臣们知得，于天子前谗佞，见责起来，追了诰命，岂不受辱？不如自识时务，免受玷辱。"于是，"推称风疾病患，不时举发，难以任用，情愿纳还官诰，求闲为农。辞别众官，再回沧州横海郡为民，自在过活"。就这样，柴进第三次成为边缘人物。

综上所述可见，第一阶段的"柴大官人"，"丹书铁券"护身，庙堂、江湖通识，游走边缘，自得其乐。第二阶段的"梁山好汉天贵星柴进"虽不是核心决策人物，但他艰苦从军，毫无怨言，仍无愧于"三十六天罡"的座次。至于人生第三阶段的"都统制柴进"，招安后再为官，本身就处于统治阶级的"边缘"，他意识到这一点而"纳还官诰，求田为农"，说明其政治上的聪明和清醒。柴进是《水浒传》中一个很特殊的人物，他始终游离于集团之外，这需要莫大的运气与勇气，以及生存的艺术，他的经历是令人感慨并值得读者深思的，只是当柴进最后辞官为民再次被人叫作"柴进"，他在耕种闲暇之时，可有片刻会想起那位为"柯驸马"而自缢身亡的金芝公主……

梁山好汉醉酒误事排行榜

"何以解忧？唯有杜康。"中国是一个酒的国度，古往今来，爱酒者多不胜数。饮酒者众，饮酒生事，于是诞生了酒文化。若论历代诗词中描写酒的篇章，则多如牛毛，其中佳作迭出，令人赞赏，如唐代杜甫《饮中八仙歌》，一口气描摹出当时八人醉态，而其中被誉为"酒中仙"的李白，更是留下了众多与酒有关的诗句，最有名最直接的，无疑是这首酒的赞美诗：

> 天若不爱酒，酒星不在天。
>
> 地若不爱酒，地应无酒泉。
>
> 天地既爱酒，爱酒不愧天。
>
> 已闻清比圣，复道浊如贤。
>
> 贤圣既已饮，何必求神仙。
>
> 三杯通大道，一斗合自然。
>
> 但得酒中趣，勿为醒者传。
>
> （李白《月下独酌》其二）

与此同时，酒的坏处也显然逐渐被人们意识到。譬如《水浒传》就这样告诫饮酒者：但凡饮酒，不可尽倍，因为"酒能成事，酒能败事"。的确，在《水浒》中，固然有武松喝了十五碗酒，打死景阳冈猛虎以及醉打蒋门神等光辉业绩，但更多让我们看到的却是许多人因自己或他人醉酒而丧家毁业，甚至死于非命的悲剧。我们不妨以时下流行的排行榜的形式，设立一个"梁山好汉醉酒误事排行榜"，看看醉酒对梁山好汉一生命运的影响，从而悟出一点做人的道理：

● 姓名：鲁智深

● 误事程度：★ ☆ ☆ ☆ ☆

论起酒量，梁山好汉中，鲁智深大概数一数二。在五台山出家的时候，因耐不住嘴馋，随便出来逛逛，碰见送酒的汉子，也不管人家多么不情愿，硬是一口气直喝了一桶。"桶"这个量词够吓人的，按照后文来推断，论起碗数，一桶大概二三十碗不会少。然而，酒量再好的人也有喝醉的时候。《水浒》中，鲁智深是比较讲分寸、讲策略的，可喝醉了酒就全不是那么回事了。

第一次喝醉，他对着和尚骂"秃驴"，舞着大棒把五台山寺庙里的职事僧人悉数得罪。第二次更糟糕，索性是推倒金刚，更强迫持戒者吃狗肉，致使同门摆出"他留我走"的架势，对一直回护他的长老进行"逼宫"。到了这一地步，即使鲁智深后台再硬（一是因为介绍鲁智深出家的赵员外乃五台山文殊院的舍钱大施主，二是因为文殊院长老看出鲁智深将来证果非凡，是以多番宽容维护），也无法待下去了，最后，长老只得赍发了他，"叫他往别处去"。

你看，在身负命案逃亡途中，好不容易找到的栖身之处，

大闹五台山

就这样因醉酒而失去了。

● 姓名：史进

● 误事程度：★★☆☆☆

史进是第一个出场的梁山好汉。故事之初，他不过是一个爱好棍棒、不知深浅的懵懂少年，但自师从王进学得十八般武艺后，加之老父身死，掌了家权，遂一下子成熟起来，一心想凭着武艺立一番功业。恰巧听闻附近少华山有强人出没，于是，少华山"神机军师"朱武、"跳涧虎"陈达、"白花蛇"杨春便成了他扫荡的目标。

两相交手，少华山强人果然不是史进对头，莽撞的陈达率先被擒。不过，在朱武的周旋下，史进并没有乘胜追击，而是义字当先，和这群强人做起了朋友，并礼尚往来起来。这本是一个不太有原则性的决定，但更糟的是在这个过程中，史进用错了人，用了一个爱喝酒的人——王四。

王四是史进家的庄客，无名小卒，不值一表。但是，正是他的关键一醉，使得第一条好汉迈向梁山的故事得以完成。

王四此人，"颇能答应官府，口舌利便，满庄人都叫他做'赛伯当'"，遂被史进选派为给少华山朋友送礼的大使。这大使倒也不辱使命，往来了几回，平安无事。可惜，终于有一天，王四在少华山"吃了十来碗酒"，"相别了回庄，一面走着，被山风一吹，酒却涌上来，踉踉跄跄，一步一颠；走不得十里之路，见座林子，奔到里面，望着那绿茸茸莎草地上扑地倒了"（第二回）。这可就有点要命了，《水浒》里老虎多，这林子里说不定就藏着几只呢。但王四运气不坏，没碰见老虎，可史进的运气就没那么好了——他要再过几日才知道，因为王四的醉酒，祸事正向自己汹涌袭来。

原来，醉酒的王四身上，有一封说重要也不重要、说不重要却又十分重要的信。说不重要，是因为它不过是一封客套问候的交游信，如果安全抵达，其所发挥的最大作用，无非证明你家王四到此一游（没有私藏你送给我们的礼品）而已。然而，当它被有心人王吉拿走，瞬间就变成了一颗重磅炸弹，因为，这封信的发件人，是少华山的强人！

为了几两赏银，也为了报复史进曾经对自己的言语不端，不算好市民的猎户王吉将从王四身上搜得的书信呈给了官府。这还了得，堂堂史大官人，一面号称对抗盗寇，一面居然在与盗寇暗通款曲！

于是官府的围剿随即而来。史进别无选择，只好火烧自家，踏上了逃亡之路。

史进是天真的，面对少华山的入伙邀请，他拒绝得义正词严："我是个清白好汉，如何肯把父母遗体来点污了！你劝我落草，再也休题。"然而第六回，鲁智深与史进别后重逢，发现史进已然变作拦路抢劫的强人，问及原因，原来是盘缠已尽。富甲一方的一位公子哥儿，此刻落得身无分文——由于家中下人的醉酒，史进终于没有逃脱落草为寇的命运。

如果说史进最终上了梁山，是因庄客醉酒所致，那么，在成为梁山核心人物（"三十六天罡星"之一）后，史进到东京执行公务（七十二回，暗中保护来看灯的宋江），居然再次醉酒，并与穆弘（外号"没遮拦"，足见也是个不谨慎的主儿）在闹市酒楼中嚣然高歌：

浩气冲天贯斗牛，英雄事业未曾酬。手提三尺龙泉剑，不斩奸邪誓不休！

这歌要是在梁山唱唱倒还挺提气，能给弟兄们不少正能量，可这里是东京，天子脚下，他们所处的又是大宋朝最热闹最繁华的酒楼——樊楼（樊楼是宋代最著名的酒楼，几乎与宋代有关的小说都会提及此楼，林冲被陷害前和陆谦一起喝酒，地点也是樊楼），其危险性怎样形容也不过分。怪不得凑巧在隔壁阁子喝酒的宋江大为恼怒：

> "你这两个兄弟吓杀我也！快算还酒钱，连忙出去！早是遇着我，若是做公的听得，这场横祸不小。谁想你这两个兄弟也这般无知粗糙！快出城，不可迟滞。明日看了正灯，连夜便回，只此十分好了，莫要弄得撧撒了！"

你看，因为醉酒，便忘了肩负的使命；因为醉酒，差一点惊动官府、断送了兄弟们的性命；因为醉酒，被踢出警卫小组之外。史进"默默无言"，灰溜溜地"算过了酒钱"，"取路先投城外去了"。

一酒两误事，不知道史大郎后来知道改正否？

● 姓名：武松

● 误事程度：★★★☆☆

武松，又是一个酒量好的人。明明酒店老板告诉他"三碗不过冈"，他却偏偏死缠烂打喝了十五碗，并因此创下了自己混迹江湖的最初资本：醉打景阳冈老虎。这一醉居然醉出了功成名就（当上了阳谷县"做公"的人，又兼以景阳冈上打虎人而名震天下），让武松很是得意，很是威风。后来在快活林，施恩请他出马从蒋门神手中夺回地盘时，面对他人又一次对自己酒量的小觑，武松索性发表了饮酒理论："你怕我醉了没本事？我却是没酒没本事！带一分酒便有一分本事！五分酒五分本事！我若吃了十分酒，这气力不知从何而来！"（二十九回）这些话不仅赢得施恩的崇拜，因而恭恭敬敬地执行了"无三不过望"（一路走去遇见酒家就喝上三碗）的约定，而且蒙住了新近被酒色掏空身体，且全无格斗技巧的又一只"老虎"——蒋门神，硬是缔造出了新的江湖传说：醉打蒋门神。

可惜，出来混，总是要还的。第三十二回，因大闹飞云浦、血溅鸳鸯楼，第二次成为逃犯的武松，在逃亡途中抢了孔亮一樽青花瓮酒，和着鸡与肉"醉饱"后，"十分酒"却没能发挥出"十分的气力"，反而在与一只大黄狗的搏斗中（这一回武松还有戒刀为武器），"翻筋斗倒撞下溪里去"，怎么也爬不起来。曾经创造了醉打老虎和醉打蒋门神光荣神话的好汉武松，在又一个醉酒的时刻，再也没能复制出奇迹，反而被孔亮带着的一群"有名的汉子"给"横拖倒拽，捉上溪来"。小说家极尽幽默之能事，列出了这群"汉子"的名字：

> 长王三，矮李四。急三千，慢八百。笆上粪，屎里蛆。米中虫，饭内屁。鸟上刺，沙小生。木伴哥、牛筋等。

爱说大话的武行者，爱喝酒的武行者，认为自己喝得越多越神勇的武行者，这一次酒醉后却深受折辱：他被这些"有名的汉子""剥了衣裳"，"绑在大柳树上"，遭"一束藤条细细抽打"。

武松醉酒之后，不但受到无名鼠辈的羞辱，而且差一点被

绑缚吃藤条

送去官府治罪。原来，孔亮本打算"把这秃贼一顿打死了，一把火烧了他"，但看出"这贼头陀"也不是出家人，脸上见刺着两个金印，这贼却把头发披下来遮了，必是个避罪在逃的囚徒"，应当扭送官府请赏。若不是宋江恰巧在孔家庄给孔氏兄弟授业，武松此命休矣。

好一个武二郎，醉酒让他成为英雄，醉酒也令他沦为狗熊。醉后打虎，让他受人尊敬；醉后打人，令他陷入牢笼。个中教训，发人深思。

● 姓名：林冲

● 误事程度：★★★☆☆

林冲被很多读者列为最喜爱的《水浒》英雄，因为他持重、坚忍、重情、机智、谦逊。然而，这位好汉爷也差点因酒丧命。

第十回，是林冲命运大转折的故事，在这一回书中，他怒杀富安、陆谦和差拨，死里逃生，亡命在外（"州尹大惊，随即押了公文帖，仰缉捕人员将带做公的，沿乡，历邑，道店，村坊，四外张挂，出三千贯信赏钱，捉拿正犯林冲"）。如此紧急关头，他却在一间草屋中抢夺几位庄客的酒喝：

> 林冲道："都去了，老爷快活吃酒。"土坑上却有两个椰瓢，取一个下来，倾那瓮酒来，吃了一会，剩了一半。提了枪，出门便走。一步高，一步低，跟跟跄跄，捉脚不住。走不过一里路，被朔风一掉，随着那山涧边倒了，那里挣得起来。大凡醉人一倒，便起不得。当时林冲醉倒在雪地上。

却说众庄客引了二十余人，拖枪拽棒，都奔草屋下看时，不见了林冲。却寻着踪迹赶将来，只见倒在雪地里，花枪丢在一边。庄客一齐上，就地拿起林冲来，将一条索缚了。

后来的发展，与武松醉酒后的情形如出一辙。林冲醒来的时候，发现自己被吊在一个大庄院的门楼底下，一群庄稼汉正对他摆出群殴的架势，那个被他烧了髭须、夺去酒瓮的老庄客，正喝令众人："休要问他！只顾打！等大官人起来，问明送官！"不用说，以林冲犯下的新官司，加之有高衙内这个老冤家，若被送官，必死无疑。所幸，这个大庄院的主人，是林冲的旧相识——柴进。

柴进解救了林冲，林冲侥幸捡回性命，却不得不以"八十万禁军教头"的出身，落草梁山为寇。

稳重、沉着的大英雄林冲，身临险境而不顾安危，任性醉酒，以致被人捆绑，遇到柴进那是万幸，也是偶然，否则，后果不堪设想。原来，酒也可以让精明的人犯昏！

● 姓名：宋江

● 误事程度：★★★★☆

宋江曾批评史进醉酒误事，也曾约束李逵饮酒，然而他自己，却也在醉酒误事榜上名列前茅。

话说宋江最初虽声达天下，却并没有占山为王的心思，即使怒杀阎婆惜，落得个充军发配的处罚，也依然拒绝了晁盖等一众兄弟的诚挚邀请，硬是不肯上梁山。然而宋江后来仍然不得不落草，其直接的诱因仍是杯中物。

应该说，宋江一向甚是谨慎。想当初出于兄弟情谊，给晁盖等人通风报信，晁盖一伙儿投奔梁山并扎下根来，于是感恩图报，便派刘唐送上书信金银等物。刘唐找到宋江，表明身份，宋江的表现可以充分证明他不愿为寇的谨慎：宋江听了大惊，说道："贤弟，你好大胆！早是没做公的看见！险些儿惹出事来！"等到好不容易心慌意乱地打发走了刘唐，仍是一头走，一面肚里寻思道："早是没做公的看见！险些惹出一场大事来！"（二十回）其小心谨慎、胆小害怕之状可以想见。而后来，宋江之所以杀阎婆惜，归根结底，也是担心晁盖等人的书信暴露了自己，这才"小胆翻为大胆，善心变恶心"。

可就是这么一个谨慎、"小胆"的宋江，酒后骋性，竟在江州浔阳楼上题下反诗：

（宋江）乘其酒兴，磨得墨浓，蘸得笔饱，去那白粉壁上便写道：

自幼曾攻经史，长成亦有权谋。恰如猛虎卧荒丘，潜伏爪牙忍受。 不幸刺文双颊，那堪配在江州！他年若得报冤仇，血染浔阳江口！

宋江写罢，自看了大喜大笑；一面又饮了数杯酒，不觉欢喜，自狂荡起来，手舞足蹈，又拿起笔来，去那《西江月》后再写下四句诗，道是：

心在山东身在吴，飘蓬江海漫嗟吁。他时若遂凌云志，敢笑黄巢不丈夫！

宋江写罢诗，又去后面大书五字道："郓城宋江作。"写罢，掷笔在桌上，又自歌了一回，再饮数杯酒，不觉沉醉，力不胜酒；便唤酒保计算了，取些银子算还，多的都赏了酒保，拂袖下楼来，踉踉跄跄，取路回营里来。开了房门，便倒在床上，一觉直睡到五更。酒醒时，全然不记得昨日在浔阳江楼上题诗一节。（三十九回）

自己不记得倒没关系，官府记着呢，终被抓进牢中。于是乎，任他怎样装疯卖傻，熬刑扛打，终于不能挽回死罪。在惊心动魄的法场惊魂、回马复仇之后，昔日的宋押司变作了后来的宋头领，为梁山新添一把交椅。可以说，宋江这次醉酒，彻底改变了他的人生道路，也"耽误"了他"忠君报国""封妻荫子"的大好前程。上梁山，非他心所甘、情所愿，乃醉酒的意外后果（这与他成为一名功劳卓著的梁山英雄并不矛盾）。不知他内心是否毕生为这次醉酒而后悔？他成为梁山领袖之后，在反官府、惩贪官的同时，又力行"招安"路线，不知是否是为此次醉酒而弥补过错？

第七十一回，宋江又因醉酒险些杀了李逵，后来反省自己的醉酒误事：我在江州，醉后误吟了反诗，得他气力来，今日又作《满江红》词，险些儿坏了他性命！

虽说宋江这一次醉酒颇有些"作秀"嫌疑：也许是为了杀鸡儆猴，借"杀"李逵来给反对招安的弟兄们一点警告，也许是为了就自己对李逵的偏爱而在众弟兄面前表示公正，不过，无论如何，宋江对这次醉酒误事的反思（"险些儿坏了他性命"），还是值得一听的。原来，醉酒也可"杯酒释嫌疑"，有许多权谋、算计。宋江，一个领袖人物的醉酒，其酒味则浓淡莫测矣！

● 姓名：关胜、鲍旭

● 误事程度：★★★★★

这两人之所以名列榜首，是因为他们已经将醉酒的后果推到了极端：丢失性命。

关胜是梁山五虎将之一，曾为梁山事业创下赫赫功绩。平方腊后，关胜的官运也比一般人来得好，系北京大名府总管兵马，并"甚得军心，众皆钦伏"，如无他变，应是前程无量。可惜，最终也是毁在"酒"上："一日，操练军马回来，因大醉，失脚落马，得病身亡。"（一百二十回）因"大醉"而"失脚落马，得病身亡"，其记载虽然简短，但事情发生在威风凛凛的大将关胜身上，实是令读者唏嘘。

与关胜相似的还有鲍旭。第一百一十五回，打方腊的梁山好汉们遇见了他们的重要对手——石宝。在众将请战石宝的前夜，鲍旭与李逵等人喝了一夜的酒，"吃得醉饱了，都拿军器出寨，请先锋哥哥看杀"。宋江劝他们"休把性命作戏"，谁知竟一语成谶：被酒精迷糊了的鲍旭勇猛有余，判断力不足，最后落得个被石宝"砍做两段"的悲惨结局，这真是"把性命作戏"的血的教训啊！

"从来过恶皆归酒"，小说《水浒传》以写大碗喝酒、大块吃肉的草莽英雄为最大特色，却留下了这样真诚的劝诫。这一劝诫，在今天同样十分适用，酒后失言，酒后失态，酒后失德，酒后违法，酒后闯祸，酒后酿灾，其过其恶，屡见不鲜。世人读《水浒》，看现实，不能不检点深思一番！

逼上梁山的"逼"

梁山好汉尽管在当时大多威名远播，也深得后世景仰，但他们都不是自己情愿上梁山，或者说并不是主动走上反抗社会的道路的，按通俗的说法，那叫"逼上梁山"。"逼上梁山"关键在一个"逼"字，好汉们是在什么情况下上的梁山？是谁在逼迫他们非上梁山不可？"逼上梁山"的社会现象又留给人们一些什么样的思考？

我们可以把上梁山的好汉分作几类：

第一类是被逼无奈型，此类人以林冲为代表，还包括武松、鲁智深等人。林冲开始是想保住朝廷八十万禁军教头（京城禁卫部队军事训练总教练）身份，或者说对过去那种有地位、有尊严的生活充满着希望，因而隐忍了高衙内的夺妻之恨，隐忍了冤判的发配充军，隐忍了董超、薛霸对他的谋害……但是他长期隐忍积累的怒火，终于随着草料场的大火而迸发，愤而杀死了敌人派来夺取他性命的陆谦等三人，这下子连配军也不能做了，只得连夜投了梁山。

第二类是奋斗失败型，这类人以晁盖、吴用、阮氏三雄等为代表。他们原本也有自己的生活，晁盖当保正，算是个村长；吴用教私塾，是真正的小学校长；阮氏三雄打鱼为生，也

火烧草料场

还能自食其力过生活。但他们为求富贵在黄泥冈设计智取生辰纲（第十五回，吴用："取此一套富贵不义之财，大家图一世快活。"），不幸谋事不密被侦破，若不是"保护伞"宋江担着"血海也似的干系"通风报信，恐怕就被一锅端了。身处此境，他们只能抛家舍业上了梁山，依靠集体的力量来保全性命。

第三类是绿林啸聚型，以王英、陈达、石秀等人为代表。他们要么本来就已经占山为王，要么在江湖上流浪，逐渐发现自己的实力不足以在社会上立足，一旦犯事，不能独立抵挡官军的追捕或者攻打，依照绿林中、江湖上的惯例，以义气为先导，以强者为旗帜，便托身于梁山。

第四类是走投无路型，以秦明、呼延灼、关胜等人为代表。这种类型的人数比较多。他们本来是朝廷军官，奉命来征讨梁山，因为种种原因导致战事失利，基本上都是战败被俘以后，受到宋江等人礼遇，自己仔细思量，即使回去也讨不到好了。比如秦明，被活捉以后，梁山好汉利用他的衣甲赚开城池，将县城洗劫一空，秦明全家也因此被杀。此时秦明绝不为朝廷所容，他只得改换门庭留在梁山，由军官变成了好汉。

第五类是被赚上山型，以徐宁、卢俊义为代表。由于梁山事业发展的需要，在某个时期急需专业对口人才，梁山主动出击，采用计谋，赚取了一些人才上山。像呼延灼以连环马攻击梁山，梁山无法抵挡，汤隆献计说只有钩镰枪能破连环马，而这门武艺又只有皇帝的贴身警卫徐宁会，于是梁山派出"鼓上蚤"时迁等人，用连环计将徐宁骗上山寨，还同时把徐宁的家眷也搬了上来，分配住房一套，以事业、待遇和感情留住了徐宁。

第六类是暂居梁山型，以宋江为代表。宋江是坚守儒家"君子尚志"一说的，即使上了梁山，他走的也是曲线报国的

闢瞭

呼延灼

路子。他本身是政府一介小吏，却喜欢交结江湖人士，颇受江湖义气的影响，因而铸下大错。发配江州之后又醉题反诗，被判斩立决。梁山好汉劫了法场，救得宋江上梁山，后来又拥戴他成了梁山领袖，屡破官军。但是宋江念念不忘的还是招安，第七十一回，重阳节填词还说："望天王降诏，早招安，心方足。"可见他只是把梁山作为一个暂时栖身之所，作为人生的一个过渡阶段，最终目的还是要招安后得到封妻荫子。

当然，一百零八将上梁山的原因是很复杂的，不可能进行绝对划分，很多人都是兼跨几种类型。像宋江除了属"暂居梁山"型，同时也确实是"走投无路"了。另外像燕青也很难归类，他是追随卢俊义上山的，不符合上述类别。其实在卢俊义出事后，燕青大可以离开卢家，凭自己的本事另创一番事业，或者经商，或者管家，他是具备这个实力的。但是燕青没有，而是一路护送、服侍主人卢俊义，最后自己也犯了罪，竟追随卢大财主一起上了梁山，这算是"追随型"。

综上所述可以看出，一百零八将上梁山的原因是多样的，又是各别的。那么，这些个案中是否存在共性呢？若论共性，社会所逼应是最大的共性。我们不妨看看北宋时期的总体社会环境。

北宋前期，"百年无事"，社会稳定。乃至到了北宋后期，身为画家、书法家的宋徽宗临朝，其时经济、文化等各方面民生的发展也算是不错的，人民生活还不至于就到了水深火热的程度。《水浒传》全书也找不到民不聊生的描写，相反倒是可以找到很多市井繁华、节日张灯结彩、老百姓日子殷实的事例。换言之，北宋时期，社会中阶级矛盾并未达到不可调和的地步。相反，当时最主要的社会矛盾是大宋政权同辽、金政权的斗争，也就是说，民族矛盾是压倒一切的。而梁山好汉啸聚梁山似乎都与这一主要社会矛盾无关。至于后来抗辽，则是"结果"而非"原因"。那么，普遍为读者所接受的《水浒传》的主题"官逼民反"究竟该怎样认识呢？宋江等人不反皇帝、只反贪官的社会意义何在呢？今天看来，所谓"反贪官"是当时社会的总体政治背景。北宋时期，特别是北宋末年的宋徽宗时期，吏治腐败，以"六贼"蔡京、王黼、童贯、梁师成、朱勔、李彦为首的贪腐集团，贿赂公行，卖官鬻爵（《曲洧旧闻》："三千索，直秘阁；五百贯，擢通判。"）；苛捐杂税，盘剥无度（《宋史·食货志》："取量添酒钱及增一分税钱，头子、卖契等钱，敛之于细，而积之甚众。"）；又大兴土木，假公肥己（《宋史·蔡京传》："于是铸九鼎，建明堂，修方泽，立道观。"），明修宫观，私建豪宅。他们的这些贪腐行为，大大激化了社会矛盾，所以，《水浒》所写到的英雄们上梁山的经历中，或近或远，或直接或间接，都与蔡京、童贯等人所"逼"有关。这是社会之"逼"，具体说来，是被"贪腐"社会所逼。这是一个共同点，即，哪怕是在一个经济、文化相对繁荣发展的社会中，如果吏治不清，贪腐横行，也会"官逼民反"！

此外，我们还要换一个角度来思考一下：除了"官逼民反"的社会共性之外，梁山好汉被"逼"上梁山，是否还有一些属于这个特殊团体的人性共同点呢？

就梁山诸多好汉而言，要想在当时政府部门当一名小吏，或者干点买卖、做点生意，一般都不是什么难事，其中一部分人其实已经很有成就了：宋江三十来岁已经是郓城县押司，戴宗是江州监狱长，等等。实际上，梁山好汉中没有几个是苦大仇深的贫农，即使像"鼓上蚤"石迁这样的"穷人"，也只属于小偷小摸，或者有时干点盗墓、贩卖文物勾当的社会闲杂人员，其他梁山好汉不是政府"做公"人员，就是地主老财，以及开肉铺、饭馆的个体工商户。也就是说，他们如果安于现状，是可以平稳地生存下去的。

但是，诸多梁山好汉大都志向高远，心存对现状的强烈不满，崇尚的是随心所欲、快意恩仇的生活方式。而要想快速达到这个目的，就必须破除法律的约束，这种内心的欲望才是他们被"逼"上梁山的核心原因。比如宋江，"逼"得他上梁山的直接原因是杀阎婆惜。而他身边之所以会有这个"惹祸根苗"，还不是因他自己经不住媒婆"撺掇"，"依允"阎婆惜娘儿俩，收阎婆惜做个"外宅"，"端的养的婆惜丰衣足食"，"夜夜与婆惜一处歇卧"？这便是宋江内心"色"的欲望"逼"了他。还有许多好汉，因为喝酒惹祸，这是被"酒"的欲望所"逼"。即便此书最核心情节，晁盖等七人因"智取生辰纲"事发而上梁山，那十万贯财物，晁盖等"取之"的目的也看不出是为了"用之于民"，而被他们看作"献此一套富贵""有此一套富贵"，"大家图一世快活"，这很难说不是被"利"的欲望所"逼"。

所以，毋宁说梁山上的多数人，是被别人逼上梁山，不如说是被自己内心的欲望逼上山的。其实，《水浒》一书中，真正被社会现实逼上梁山的，林冲算是一个，而他却被精心安排在开篇之首，以至于这么多年以来，众多读者都被误导了，以为所有的好汉都像林冲一样是被黑暗的社会现实逼上山去的。

社会运行的规则总是存在两条底线，一个是法律，这是社会的底线；另一个是道德，这是做人的底线。大多数人都必须生活在这两条线中间，即使你想运用各种手段来获得更好的生活环境，也绝对不能突破法律这条底线。而人的欲望的膨胀，是会撞击道德和法律底线的，一旦社会的法律被打破，社会也就失去了秩序和公平，个人的正常生活道路也会被扭曲。心为物役，人就会被异化，成了物欲的奴隶，甚至为物欲所驱使，一旦受到外界的刺激，立马作出过激反应，导致个人、社会都受到伤害。梁山好汉之所以啸聚梁山，大多数人是为自己内心所"逼"，那是一种无处可逃的"被逼"，是后人应当吸取的人生教训。

社会不公，则"官逼民反"；欲望失衡，则心生反恻。"逼上梁山"的历史、人生教训，是耶？非耶？

"李师师现象"——宋代青楼与诗词

　　《水浒传》中，宋江曾专访李师师，结果被李逵闹得天翻地覆。后来又派燕青、戴宗再访李师师，终于得到李师师的同情和眷顾。为什么宋江一再要走李师师的门路？因为李师师与宋徽宗有关系，"枕头上关节最快"，宋江想通过李师师向皇上表达忠君报国之志。李师师何许人也？一名妓女为何能上通国君？这一现象说明了什么？

　　据《李师师外传》载，师师本姓王，出生时母亲去世，父亲将她"舍"与寺庙，取名"师师"。后来父亲因事死于狱中，师师成了孤儿，由李姓鸨母收养，改姓李。师师成人后，色艺双绝，琴棋书画、诗词文赋无所不通，受到人们的关注，尤其是那些文人学士，趋之若鹜。

　　宋代是一个重文轻武的社会，当初赵匡胤从后周七岁小皇帝柴宗训（恭帝）手中夺取政权时，耍了一个"陈桥兵变，黄袍加身"的把戏，前后不过五天，太容易了。赵匡胤建立大宋之后，为防范属下武将效法他也来个"陈桥兵变"，于是采取三大措施抑制武将，这就是：（一）杯酒释兵权。在酒席上以醉酒为掩护，轻而易举地将开国功臣打发到外地去享清福。（二）实行更戍法。将集团军将帅互换，造成"将不知兵，兵不知将""兵无常帅,帅无常师"的局面,以免官兵勾结谋反。
(三)分散兵权。国家分设枢密使和指挥使,枢密使有权调动、
配备军队却无权指挥军队打仗,指挥使则只能在战场上带兵厮
杀(历史上岳飞的悲剧,读者因此可以理解)。

疑忌武将则使得军队战斗力大大减弱,这就是堂堂北宋为
少数民族金人所灭的重要原因。反之,文官受到重用。宋代兴
科举,每科录取进士动辄数百,有时甚至上千,真是不小心丢
块石头就会砸中一个进士。同时,大兴教育,除官办学校之
外,民间书院大为兴盛。这样一来,文人当官的机会多,生活
也很优裕,歌舞升平,"文酒之会"炫人眼目,文人"未尝一
日不宴饮"。与文人的享乐生活和整个社会奢华风气伴随产生
的是宋代的妓女制度。宋时除了青楼、瓦肆中有大量妓女外,
还有家妓(宰相晏殊府上就有歌女近千人)、官妓、营妓。但
宋时妓女有两大特点:一是都由官府记名,统一管理,二是卖
艺不卖身。那时官员聚会,常召歌妓演唱助兴,但不得轻薄。
仁宗皇帝就曾经下诏处罚过与妓女有肌肤之染的官员。

李师师就是当时京城最有名的艺妓,许多文人都争相与她
交往,并因此留下了不少诗词名篇。如大才子秦观(字少游)
就有一首《生查子》:"远山眉黛长,细柳腰肢袅。妆罢立春风,
一笑千金少。　　归去凤城时,说与青楼道:看遍颍川花,不
似师师好。"读者依此可以想见李师师的风姿。

李师师的美丽和才艺甚至吸引了宋徽宗,据《宣和遗事》
载:"东京有角妓李师师,住金线巷,色艺冠绝。徽宗自政和
后多微行,乘小轿子,数内臣导从。置行幸局,局中以帝出日
谓之'有排当',次日未还,则传旨称疮痍不坐朝,尝往来师
师家,甚被宠昵。"野史甚至写朝廷内臣为遮人耳目,挖隧道

供徽宗去见李师师，足见《水浒传》所写不虚。另据宋人张端义《贵耳集》载，大词人、时任开封府监税（相当于税务局长）的周邦彦去见李师师，恰逢徽宗也来了，周邦彦吓得躲到李师师的床底下。徽宗来时，"自携新橙一颗"，师师亲手剥了，蘸着盐给徽宗吃，二人甚是温存、亲密。后来周邦彦写了一首《少年游》词："并刀如水，吴盐胜雪，纤手破新橙。锦幄初温，兽香不断，相对坐调笙。　　低声问，向谁行者，城上已三更。马滑霜浓，不如休去，只是少人行。"将皇上与李师师的关系曝光了，皇上十分恼火，下令将周邦彦逐出京城。李师师为周邦彦送行时，周邦彦又填了一首《兰陵王》：

　　柳荫直，烟里丝丝弄碧。隋堤上，曾见几番，拂水飘绵送行色。登临望故国，谁识京华倦客？长亭路，年去岁来，应折柔条过千尺。　　闲寻旧踪迹，又酒趁哀弦，灯照离席。梨花榆火催寒食。愁一箭风快，半篙波暖，回头迢递便数驿。望人在天北。　　凄恻，恨堆积！渐别浦萦回，津堠岑寂，斜阳冉冉春无极。念月榭携手，露桥闻笛。沉思前事，似梦里，泪暗滴。

词中"念月榭携手，露桥闻笛。沉思前事，似梦里，泪暗滴"，道出对李师师的怀念，十分感人。而一句"谁识京华倦客"，诉尽古代文人的人生艰辛与无奈，亦发人深思。

在北宋，文人与妓女交往留下的诗词远不止李师师一家，许多知名词人的名篇佳作都是写与妓女的。如晏几道写歌妓小蘋之《临江仙》："梦后楼台高锁，酒醒帘幕低垂。去年春恨却来时。落花人独立，微雨燕双飞。　　记得小蘋初见，两重心字罗衣。琵琶弦上说相思。当时明月在,曾照彩云归。"心心相印,缠绵多情,甚是动人。他还有一首《浣溪沙》:"日日双眉斗画长,行云飞絮共轻狂。不将心嫁冶游郎。 溅酒滴残歌扇字,弄花熏得舞衣香。一春弹泪说凄凉。"其中对歌女的生活充满同情,是很特别的篇章。再如柳永,公开用词来写他在"烟花巷陌"中落拓不羁的人生,写他同妓女们"偎红倚翠"的"风流事"。如《鹤冲天》:"黄金榜上,偶失龙头望。明代暂遗贤,如何向?未遂风云便,争不恣狂荡?何须论得丧。才子词人,自是白衣卿相。 烟花巷陌,依约丹青屏障。幸有意中人,堪寻访。且恁偎红倚翠,风流事,平生畅。青春都一饷。忍把浮名,换了浅斟低唱!"其他文人类似诗词亦不胜枚举。这种现象,只有在宋代那种独特的文化背景下才能出现。

总之,《水浒传》中写宋江寻访李师师一节(注意:宋江在李师师面前也只是喝酒填词而已),既揭示了宋江内心深处的政治追求,也使读者透过"李师师现象"了解了一点宋代的社会历史。文学是生活的百科全书,此言有一定道理。

"脊杖"与"刺配"——宋代刑罚

宋江怒杀阎婆惜，逃亡江湖，回家"奔丧"时被捉。杀人本是死罪，但由于宋江杀惜事出有因，又遇天下大赦，再加上宋江人缘好，人们大多同情他、保护他，所以被"赦减"，郓城县只判他"脊杖二十，刺配江州牢城"。"脊杖""刺配"是怎样的刑罚？宋江所受刑罚与其罪是否相当？我们不妨稍作探寻。

原来宋朝法治严谨，制度完善，对罪犯的惩办方法非常具体。南宋陈亮云："汉，任人也；唐，人、法并行也；本朝，任法者也。"（《陈亮集·人法篇》）这里说的"本朝"是指北宋以来。北宋前期至仁宗时，基本上还是"人、法并治"；神宗时，王安石变法，国家法令日益完善；至哲宗，则在其少年和成年之后两次修订法律、法规；徽宗朝最为完备，法律条令涉及社会生活方方面面，几乎无所不包，故曰"任法者也"，也就是说，宋朝是"依法办事"的。

就刑法而言，北宋对罪犯的惩罚分五等，即"笞""杖""徒""流""死"。徒刑、流刑之下还有"编管""羁管"和"移乡"（此三种不属刑罚等级，只是一种处置方式）。徒刑、流刑之外，罪重而够不上死刑者，往往附加"刺面"（也不属刑罚等级）。以下，分而言之：

笞刑，即鞭打，是处罚轻罪的。

杖刑，分"臀杖""臂杖""脊杖"，都是用棍子或板子打。"臀杖"打屁股，这地方肌肉多，神经少，打起来虽皮开肉绽，但不至于要命，算是轻的；"臂杖"打手臂，弄不好骨折脱臼，甚是可怕；"脊杖"打背，十之八九伤筋动骨，半身瘫痪，至为残忍。

徒刑，即流放到外地坐牢，流放地在五百里以下为"徒"。

流刑，也是流放到外地坐牢，但流放地在千里以上，是称为"流"。

刺面，在犯人脸上刺字，永不磨灭，是一种羞辱和惩戒，常加于徒刑、流刑犯人。

死刑，剥夺犯人的生命。方式有"绞"（绞死或重杖打死）、"斩"（杀头）、"凌迟"（剐）。

编管、羁管，相当于后世的"缓刑"，一般针对一年以下徒刑者，就地管制，限制自由，定期向官府汇报，不许出城。

移乡，处置轻微犯罪者，不宜在原籍居住，迁往他乡落户。

宋江是"死罪可免，活罪难饶"，获死刑之下最重的惩罚：（一）杖刑，且是"脊杖"。够惨！（二）流刑，从郓城（今山东郓城县）流放到江州（今江西九江市），距离超过千里。够远！（三）刺文面颊，即在脸上刺字。在脸上刺字本不是法定的刑罚等级，而是对重刑犯附加的一种惩罚，起源于五代时的后晋。《水浒》中写到，是让"文墨匠人"在罪犯脸上刺字，然后涂墨，永难消毁。其痛苦程度虽不大，但重在羞辱。宋江被"文面"，够耻！

　　《水浒传》中以宋江为代表的许多好汉都吃过官司，走投无路，被官府逼上梁山，他们所受刑罚不尽相同。了解一些宋代刑罚知识，有助于读懂《水浒》，更有助于认识封建社会。

"太尉"与"经略"哪个官大
——宋代官制琐谈

　　在《水浒传》第二回，我们看到，高俅因"踢得两脚好气球"，加之运气奇佳，竟荣升为殿帅府太尉——这估计是许多武艺高强的梁山好汉想都不敢想的美事。于是乎，高俅开始了他的职业性为非作歹的生涯。第一个受害者，便是其手下教头王进。

　　话说王进和后面出场的林冲一样，乃八十万禁军教头，有头有脸之人也。况且，人家已经病了半个多月，病假手续理应早已办妥，虽说新官上任三把火，但高俅似乎也不必拿这位请了病假的下属开刀吧。可偏偏高俅还就这么做了。他第一天坐堂主事，便大发淫威，不仅指责王进诈病，还对扶病赶来的王进加以严刑：

　　　　高殿帅大怒，喝令："左右！拿下！加力与我打这厮！"

读者莫小看这大怒后的话语。宋朝死刑较少，但棍棒之类刑罚却很泛滥，行刑者施法不当或有意为之，棍棒之下冤魂累累就很常见了。高俅一声"加力与我打这厮"的呼喝说出口，那执行杖刑的倘是个有意讨好上官或本与王进有嫌隙之人，也许立时就会要了王进的命。

不过，好在王进人缘好，同事们帮着说情，这顿打总算暂且被饶过了。要问高俅坐帐第一天为什么就如此大发淫威，要拿"王升的儿子王进"开刀呢？原来，一切皆因高俅当年流落市井在园社混日子时的一段旧怨。所谓园社，有点类似当今的培训中心，培训的内容，主要是各种娱乐技巧，高俅当时乃是其中一名业余"气球"（即今之足球）教练也。大概想多点技艺傍身，高俅想向当时的棍棒高手王进之父王升讨教一些格斗技巧，可惜不仅没得到赏识，反而被"一棒打翻"，在床上躺了三四个月之久。现今高俅当官了，父债子还的时刻到了，高俅那厮不打王进打谁？不怕县官就怕现管，王进见高俅迟早要结果自己的性命，虽说在同僚的说情之下躲过了一时，如何躲得过一世？于是在与母亲商议之后，无辜的他只好携着老母，开始了逃亡之路——王进并不在一百零八梁山好汉之列，然而，却是他的逃亡，引发了梁山好汉的出场。

王进的逃亡方向，是延安府老种经略相公处。

> 王进道："母亲说得是。儿子寻思，也是这般计较。只有延安府老种经略相公镇守边庭，他手下军官多有曾到京师的，爱儿子使枪棒，何不逃去投奔他们？那里是用人去处，足可安身立命。"

说来这宋人也真是奇怪，被通缉——王进逃走后，高俅发布文书到"诸州各府"要捉拿"逃军王进"——居然不往深山老林里跑，也不隐姓埋名，而是换个码头，跑到其他官吏那里讨生活，难道不怕自投罗网吗？高俅的追捕文书，既然是发到了"诸州各府"，想来这延安府也收到了，老种经略相公难道就可置之不理吗？难道就不怕被奸臣高俅报复吗？——今人的意识里，似乎奸臣的官位总是比较大的。这倒是引起了许多读者的好奇，身为"殿帅府太尉"的高俅与"延安府经略使"老种经略相公谁的地位高？"太尉"与"经略"，哪个官大？

先说经略。《水浒传》中许多好汉都提到过老种经略相公和小种经略相公，像王进、鲁智深、杨志等都在这经略相公手下任过职，金钱豹子汤隆也以在老种经略相公手下打造过军器为荣。读者读到这里的时候，常常会不小心发生断句错误，以为和"太尉"一样，"种经略相公"也是个官名，甚至有读者猜想是不是骂人的话。其实，在这个长称谓里，"经略"才是正经官名，"相公"则是宋代对地方官的称呼，至于"种"嘛，应该念作 chóng，乃是这位官员的姓氏。

和童贯、高俅一样，小说中屡被称道的老种经略相公以及小种经略相公，是实有其人的，乃是宋代名将种世衡的儿子种谔和孙子种师道。种家世代镇守边关，几乎可以和"杨家将"相媲美。种师道后来官也做得很大。

那么经略这个官职到底有多大呢？"经略"，亦称"经略使"或"经略安抚使"，瞿蜕园《历代职官简释》说："唐初，于沿边诸军有置经略使者。肃宗时，贺兰进明除岭南五府经略兼节度使，此后虽有置观察使者，仍兼经略使。……宋代则自仁宗时对西夏用兵，始命陕西沿边大将皆兼经略，此后多以经略安抚使为总辖军民之方面重臣。"也就是说，唐朝最先设立这一官职，负责边境重要地区的军事。而宋朝是从仁宗朝西夏李元昊对宋发难后，才开始设立经略安抚使司的，即读者在小说中看到的"经略相公"。这些安抚使司初设时，确是在边境地区，但后来为了统管内地，从仁宗末年到神宗年间，陆陆续续在内地各路中也都设置了经略安抚使司。这些经略安抚大使一般兼任所驻州府的最高长官，军政合一，不但掌管一路军事，而且掌管行政。故《宋史·职官志》云："以直秘阁以上充，掌一路兵民之事。皆帅其属而听其狱讼，颁其禁令，定其赏罚，稽其钱谷、甲械出纳之名籍而行以法。"

在《水浒传》中，读者也可以看到，经略的权力比知府、知州大得多，虽然此时经略府并未直接处理地方行政事务，但他是中央直派的驻扎地方的军事首长，其威权也甚是了得。第三回书写到，鲁达失手打死郑屠，老百姓去官府告状，府尹一看被告是小种经略相公的人，立马先赶到经略府来请示：

经略问道："何来？"

府尹禀道："好教相公得知，府中提辖鲁达无故用拳打死市上郑屠。不曾禀过相公，不敢擅自捉拿凶身。"

经略听了，吃了一惊，寻思道："这鲁达虽好武艺，只是性格粗卤。今番做出人命事，俺如何护得短？须教他推问使得。"

经略回府尹道："鲁达这人原是我父亲老经略处的军官。为因俺这里无人帮护，拨他来做个提辖。既然犯了人命罪过，你可拿他依法度取问。如若供招明白，拟罪已定，也须教我父亲知道，方可断决。怕日后父亲处边上要这个人时，却不好看。"

府尹禀道："下官问了情由，合行申禀老经略相公知道，方敢断遣。"

你看，杀人事实确凿，眼看人犯在逃，地方官办案却要先请示这位小种经略相公，得到同意后才敢下文书捉人。并且即使捉到人，问清罪责，也需向其禀告才可断决，其权力之大，便可见一斑了。也正因为如此，经略相公收容个把犯人是完全没有问题的。

不过，总的来说，鉴于宋朝对地方及边境官员的防范策略，"经略"这一官职的权限比起前朝已经小了很多，我们所说的权力大，只是与地方州府相比较而言，与中央官僚"太尉"比起来，则有些不如了。

在《水浒传》中，"太尉"的出场率相当高：放出三十六天罡七十二地煞的洪信是"内外提点殿前太尉"，使高俅得到机会接近未来天子赵佶的先一任老板是"小王都太尉"，宋江等在李师师处遇见了"杨太尉"，还有起先招安的"陈太尉"，后来"遇宿重重喜"招安梁山好汉成功的"宿太尉"……

到底朝中有多少太尉？"太尉"官大不大呢？说起来有点啰唆。太尉一职，西汉始置，当时是最高军事长官，系三公之一。宋代也沿用了这一职务，但大多已经是"加官赠官而成的虚衔"，许多都是临时性的。不过，高俅的殿帅府太尉却是一个实权职位。据说宋徽宗为了让自己的球友高俅当上太尉，让其到边帅刘仲武军中挂职锻炼，很是费了一番苦心。而更显出高俅之受重用的是，北宋前期，为了分散官员权力，在张官置吏方面极尽牵制之能事，如宰相之下设参知政事，设置枢密使以分宰相军政之权等。至于兵权，如前文所述，更是相当分散，有枢密使、指挥使之别。高俅却成功使权力重新集中，成为在军事方面地位仅次于枢密使的高级实权派。这样，我们不

别拗走妖魔

难发现，相比于经略，太尉的权力仍然要大一些。尤其当前者是皇帝的防范对象、后者则是皇帝亲密球友的时候更是如此。

但是，为什么王进逃到经略处，高俅却未予以追究呢？也许是高俅没有得到消息，也许是这位"贵人"公务忙给忘了，但最有可能的一个原因是：逼走王进，高俅已经达到了自己报复其父的目的，犯不着再为一个小小的专业技术人员与地方官较劲了。

不相信的读者，可以重新去看看第二回。王进逃走后，高太尉追捕他，所用的罪名乃是"逃军"，在宋代，关于逃兵的惩治，有一整套相当详尽的办法，根据这些条例，我们看到，即使王进被抓捕归案，也不过是和后面的宋江、武松等人一样"刺配"某州而已。王进逃至延安府，已相当于被"刺配"。再说，高俅与王进之间并没有根本的矛盾，只不过因为高俅心胸狭窄，因与王升有点过节而迁恨于其子，今将人赶走了，高俅也就不再追究。

从"经略"谈到"太尉"，从鲁达受保护谈到王进被排挤，我们可以知道，在封建时代，官场的关系因人、因职务不同而变得十分复杂。小说是历史的一面镜子，大家从中还是可以领悟到一些知识的。

梁山上哪些人是"贼配军"
——说说宋代兵制

　　梁山好汉成分复杂，就早期上山的人来看，泰半有一段获罪经历：或如武松杀嫂、宋江杀惜、杨志杀牛二等主动出手伤人而犯罪，或如林冲等受到陷害蒙受不白之冤，被枉加罪名。他们被官府抓获后，受到的对待各有不同，但皆因种种缘由，免了死罪，最后都面临出奇一致的刑罚：刺配某某州。

　　所谓"刺"，前文说过，即刺面之刑。简单地说，就是在犯人的脸上刺字。这种字用针刺在犯人脸上后，再染以黑色，如果没有特殊方法，永远不会消失。刺面之刑历史悠久，早在商、周时期已经出现（称为"墨刑"），秦汉时又称"黥刑"，至唐时名女上官婉儿也曾遭受此刑。对于官府来说，这种刑罚可以有效防止犯人逃跑，便于管理。而对于受刑人来说，则是一种极大的精神羞辱。古今的人都最讲脸面，所以，对大多数罪犯来说，这是相当具有羞辱性的惩罚，几乎仅次于死刑。脸上的痕迹永难消失，"他者"的标志随身携带，加之因毁容而导致面目狰狞，简直就是生人勿近。换言之，此种刑罚的残酷性在于，它的实施，基本剥夺了这些人重新选择人生的权利。当然，也不是全无补救之策，譬如上官婉儿，居然化劣势为优势，化腐朽为神奇，索性将刺字变成梅花文身，使得朝野之间、闺阁之中一时竟流行起这梅花妆来。不过，那大抵是刺字面积小，且在额头，若如宋江等"刺文面颊"，这一招肯定就不灵了。可是，到底意难平啊，所以，在宋江荣升梁山之主后，神医安道全配了药方让其涂抹，以求逐步淡化痕迹。

所谓"配"，即发配。古代交通不便，且人们安土重迁，令一个人背井离乡永不得还，非但在生活、生理上是巨大的折磨，且在精神上亦是一个很重的惩罚。兼之路途遥远，差错难免，又或水土难服，酷吏当前，很多人无法支撑这一路披枷戴锁的长途跋涉，以至于未到发配地已然客死他乡。不过国土幅员辽阔，贫富有别，故而发配到此地还是到彼处，其间差异还是很大的，确定发配地点固然根据罪行而论，但也不外乎人情，譬如宋江，人脉极广，又有钱帛上下打点，发配的地方便不是那蛮荒苦寒之地，而是"鱼米之乡"江州了：

> 宋太公唤宋江到僻静处，叮嘱道："我知江州是个好地面，鱼米之乡，特地使钱买将那里去。你可宽心守耐。我自使四郎来望你。"（三十六回）

不过，无论地点如何，发配的基本方向，多是去军中服劳役。军队是皇家卫戍森严之地，如何可以让犯罪之人进入呢？这就得简单说说宋朝的兵制了。

宋朝有四种部队：禁军、厢军、蕃兵和乡兵。其中，蕃兵是招募的西北少数民族士兵，屯戍边疆。乡兵多为当地征发，用以防守地方。

禁军是皇帝亲兵，驻守京师，兼备征讨，是正规军，一般编制为八十万（所以王进、林冲担任"八十万禁军教头"，且只是军中一个技术教练，并非握有兵权），由中央政府统辖，负责保护首都及国家重要关隘。

厢军则是宋朝独有的军事制度。宋太祖以兵权得天下，害怕后面的人故技重施，采取了种种预防措施，譬如"杯酒释兵权"、重文抑武、鼓励官员多买歌儿舞女纵情声色、限制武官权力、重视中央集权等。厢军制度正是作为加强中央集权的措施之一而出现的一种独特制度。厢军的前身，是"藩镇之兵"，是各地方所拥有的军事力量。自唐末以来，地方节度使自恃拥一方之土地人口，把持财赋，多养甲兵，常常跋扈犯上，甚至公然叛变。北宋吸取教训，通过选拔等各种手段，将各地军队中骁勇精锐者不断划归到禁军中，只留下一些短弱之兵作为厢军的基本构成。厢军的功能，不在于攻守战时，而主要是在城防设施建设、官营手工业生产、水患防治和水利建设以及递铺运转等方面发挥作用。

由于朝廷刻意弱化，"材不中禁卫，而力足以充役，为厢军"。厢军的来源甚是复杂，兵员素质基本都不太好。士兵队伍中充斥着游民（游手好闲之人）、因灾害流离失所的农民（宋代常常以征兵的方式解决自然灾害带来的生存问题）等，有时为了应急，甚至不惜打着维持社会治安的旗号，到赌场、大烟馆之类的娱乐场所去抓壮丁。配军也是厢军的兵源之一。

所谓配军，主要就是指上述因罪被发配而来的犯人。中国很早就有"征囚为兵"的传统，而在宋代，刺配为兵是对死罪以下的人犯最普遍的处治方法，故以罪犯充当配军成为普遍现象。《水浒传》中，宋江、林冲、杨志、武松以及后来的卢俊义等都属此。配军的主要职责是承担各种杂役，属于

杂役军，像林冲九死一生到沧州后，看天王堂、守草料场就属
此类。

配军的罪犯身份，决定了他们在厢军中被歧视、被侮辱的
地位。这些人原来多是军人出身，现在也算是在军中接受"改
造"，所以他们在挨骂时被称作"贼配军"。梁山好汉中的很
多人坐过牢、流放过，但并不是都有资格被称作"贼配军"，
只有那些"涉军"者才拥有这份"殊荣"。当然，"贼配军"
中也有少数"幸运儿"，一是有时朝廷从配军中募取壮健者，
以充实禁军和屯驻大军，这类人员被募取后，实际上已被摘除
配军的帽子，与同级募兵享受同等待遇，变为募兵了。另一种
则如小说中的杨志，直接被地方官赏识提拔。杨志被刺配北京
大名府后，因与梁中书系旧识，梁中书"有心要抬举他，欲要
迁他做个军中副牌，月支一分请受，只恐众人不伏，因此，传
下号令，教军政司告示大小诸将人员来日都要出东郭门教场
中去演武试艺"。杨志武艺超群，胜周瑾，平索超，"梁中书
叫取两锭白银两副表里来赏赐二人；就叫军政司将两个都升做
管军提辖使；便叫贴了文案，从今日便参了他两个"（十二回、
十三回）。杨志一类，算是配军命运的成功转型了。

当然，"配军"毕竟是配军，尽管身份被"洗白"，但杨志
也好，其他好汉也罢，始终无法逃脱配军的低下地位。杨志升
为提辖后，被梁中书委以重任押送生辰纲，饶是万般小心谨慎
（此前杨志已经吃过一次丢花石纲的亏），却依然被劫，其原因
固然是吴用等人谋划非常，深层原因却是随行之人不服杨志调
令所致。杨志曾经因为"洒家清白姓字，不肯将父母遗体来
点污了，指望把一身本事，边庭上一枪一刀，博个封妻荫子，
也与祖宗争口气"（十二回），而拒绝了王伦的入伙邀请，最后，

却依然不得不走上了落草为寇之路。又如武松刺配孟州后，经"醉打蒋门神"一役，成功帮管营之子施恩重霸孟州道，一时被奉为座上宾，"把武松似爷娘一般敬重"，但都监张蒙一声令下，仍是不得不挪窝，以致被陷害为贼。审问时，知府的理由便是："这厮原是远流配军，如何不做贼！"而平时，"贼配军"的喝骂就更是司空见惯了。

除了"禁军""蕃兵"和"厢军"之外，还有"乡兵"。乡兵由县以下政府管辖，老百姓家家出人，"三丁抽一"，"五丁抽三"，组成武装队伍，其使命则是"寇至守城，寇退营农"，相当于后世的民兵。

《水浒》中描写军事的场面很多，了解一点宋代兵制知识，对读懂《水浒》是有帮助的，也是一件颇有兴味的事。

中国第一市——东京汴梁

《水浒传》作为一部描写民间豪客的游侠军事之作，很少有对城市、经济方面的正面描写。书中出现正面描写的只有两个城市，一个是大名府，另一个是东京汴梁。《水浒》第七十二回"柴进簪花入禁苑 李逵元夜闹东京"中，这样写到汴梁城：

> 州名汴水，府号开封。逶迤按吴楚之邦，延亘连齐鲁之境。山河形胜，水陆要冲。禹画为豫州，周封为郑地。层迭卧牛之势，按上界戊己中央；崔嵬伏虎之形，象周天二十八宿。金明池上三春柳，小苑城边四季花。十万里鱼龙变化之乡，四百座军州辐辏之地。蔼蔼祥云笼紫阁，融融瑞气照楼台。

这首词表达了三层意思：一是东京汴梁的由来，这是一座很有积淀的城市，早在夏、周朝就有封制了，可谓历史悠久；二是此地乃当时全国政治经济中心，所谓鱼龙变化之乡、军州辐辏之地；第三，这里也是非常繁华的都市："金明池上三春柳，小苑城边四季花。"这样的地方，人人向往，就连李逵这样的粗人，听说要去汴梁，"守死要去，那里执拗得他住"。

李逵要去东京汴梁，肯定不是为李师师这类人去的，梁山好汉中最不解风情的人非大侠李逵莫属了，吸引他的当然是汴梁的繁华。宋史记载，当时宋朝与各国的贸易往来非常频繁，陆路方面，与北辽、西夏、天竺等国通商；海运方面，南与大食、三佛齐等西亚、东南亚诸国航线通畅，互通有无，北与高丽国结成战略同盟，抵抗辽金。广州、泉州、明州等地均为往来的重要港口，常见诸国各色人等长期定居于此。当时国家制定的移民政策是"归我华夏，遵守祖风，留遗汴梁"，东京汴梁至今仍有犹太人定居点遗址。而这些线路的陆地延伸线，毫无例外地都指向一个共同的交汇点，那就是东京汴梁。作为当时的都城，汴梁的政治地位是毋庸置疑的，它是一切政令的发出地，也是各地信息的汇总地。最为可观的是，当时社会进步的需求，给城市的高速发展提供了机会，汴梁城当时商业的繁荣和市民生活的多样化是很值得一提的。

据资料记载，东京城周阔三十余公里，由外城、内城、皇城三层城池组成，人口达到一百五十余万，是一座气势雄伟、规模宏大、富丽辉煌的城市，是当时中国的政治、经济、文化中心和繁华的世界大都会，其繁华程度可以说超乎现代人的想象。今人所熟知的张择端的《清明上河图》，比较直观地描绘了当时的胜景，正如后来李东阳《题清明上河图》中所写："宋家汴都全盛时，四方玉帛梯航随。清明上河俗所尚，倾城士女携童儿。城中万屋罩甍起，百货千商集成蚁。"而与宋朝同期的欧洲，此时还正处在蒙昧黑暗的中世纪，其时西欧城市，更像是一座座随时进入临战状态的军事要塞。如巴黎之类的一些城市，城门每天都有全副武装的卫兵把守。一旦入夜，就立即拉起吊桥，紧闭城门，城中还有夜间管制（宵禁），直至第二天晨曦号角吹响，城门才会再次开放。这一时期欧洲的城市规制还算是比较严整，但面积通常不大，一般也就四五千居民，拥有两万居民的城市就算是很大的了（巴黎的人口直到路易十四时期才首次接近五十万）。城市的居住环境相当恶劣，大多数房屋的采光很差，木制的构造以及拥挤的布局很容易引发连片的火灾。街道基本上没有硬化，晴天里尘土飞扬，垃圾成堆，阴雨天则道路泥泞。这种种景况，同当时的宋京汴梁简直不可同日而语。北宋的东京汴梁和南宋的临安城，都是人口逾百万的大都会，至于像泉州那样超二十万人口的大城市全国则不少于六个，十万人以上的城市亦有几十座。

汴梁引水入城，蔡河、汴河、金水河、五丈河构成了城市的水网体系，不仅以水路来解决城市的交通运输问题，而且对调节城市的气候环境大有裨益，按现代说法，那就是一座非常适合人类居住的生态城市。汴梁不仅取消了宵禁，城门关得很晚开得很早，允许居民彻夜行走、经商、娱乐，而且城市的规划也比较科学，继承和发展了自唐都长安以来的中国古代大城市建设经验，城市功能区划更加清晰合理。有比较完善的防火、防盗、防疫措施，类似现在派出所和巡警的军巡铺，遍布京城的主要干道，且全天候有人值守，治安状况良好。当然，除了梁山众好汉到此一游，顺便闹点"群体事件"以外，其他未见大的动乱。

说东京是一个大的都市，还要看它的市民文化生活。当时的东京，市民的活动场所有瓦子、勾栏、茶馆、酒肆以及寺庙等，其中主要以瓦子、勾栏为中心，《水浒传》中出现频率比较高的一个词就是"勾栏"。所谓勾栏，相当于现在的演艺厅。

瓦子是商品贸易集中地，也称瓦舍、瓦肆，里面设有各种店铺和娱乐场所，五花八门，一应俱全，有"货药、卖卦、喝故衣、探搏、饮食、剃剪、纸画、令曲之类"，是市民最爱出入的地方，常常"终日居此，不觉抵暮"。军人也时常光临，《梦粱录》称"城内外创立瓦舍，招集伎乐，以为军卒暇日娱戏之地"。在瓦子中用栏杆和幕布围起来的固定演出场地，就是著名的勾栏了。勾栏也叫乐棚，用于各种民间艺术的演出。

当时汴京有桑家瓦子、朱家桥瓦子等八处，有勾栏五十余座，宋《东京梦华录》载："街南桑家瓦子，近北则中瓦，次里瓦。其中大小勾栏五十余座，内中瓦子莲花棚、牡丹棚、里瓦子夜叉棚、象棚最大，可容数千人。"这样的规模就是在现代社会中也是很少见的。

《水浒传》中闹的上元灯会也是汴梁的一大盛会。从北宋中期开始，每年的正月十五有法定休假三天，王安石《癸卯追感正月十五事》诗曰："正月端门夜，金舆缥缈中。传觞三鼓罢，纵观万人同。警跸声如在，嬉游事已空。但令千载后，追咏太平功。"而大抵与《水浒》故事发生于同时代的著名女词人李清照描写"中州盛日"的元宵节，观灯者"铺翠冠儿，撚金雪柳，簇带争济楚"（《永遇乐》），可想见当时的盛况一定是万人空巷了。另据《醉翁谈录》记载，当时元宵节的花灯品种繁多，有灯球、灯槊、绢灯笼、日月灯、诗牌灯、镜灯、字灯、马骑灯、凤灯、水灯、琉璃灯、影灯等。出游的年轻女子们喜欢佩戴一种小灯球，像佩戴珠宝一样装饰在身上，那可是真正的流光溢彩了。

总而言之，东京汴梁乃当时全国政治统治中心，交通枢纽之地，工商交易集市，文化娱乐场所，人口百万以上，周阔三十公里。无论从哪方面看，它在当时世界上都是首屈一指的，无愧天下第一城、中国第一市。而《水浒》故事的演绎背景自始至终都与这座城市有关，因此，读者了解一些关于这座城市的真实情况，也有助于理解这部书的历史、文化内涵。

"内室"与"外宅"——宋代的婚姻风俗

鲁智深三拳打死镇关西，被官府画影图形通缉，于是一路逃亡。走投无路之际，巧遇被他救下的卖唱女子金翠莲，这时的金翠莲已经是大财主赵员外的外宅了。在她的央求下，赵员外帮助鲁智深上了五台山，这才遇见了大师智真和尚，最终修得正果。

宋江也有一段奇缘。《水浒传》第二十回写到，宋江在没有娶妻的情况下，同被他资助的"会唱诸般耍令"的落难女子阎婆惜同居，将阎婆惜养作外宅，"端的养的婆惜丰衣足食"，"夜夜与婆惜一处歇卧"。

有头有脸的人物赵员外和宋江"养"的都是"外宅"，而水泊梁山中著名的好色之徒王英，一辈子抱着"牡丹花下死，做鬼也风流"的人生理念，却娶到了才貌双全的大户人家美女扈三娘为妻，真叫人大跌眼镜。婚后，此君还多次当着妻子的面调戏别的美女，以至于招来杀身之祸。而作为妻子的扈三娘，对丈夫的恶行时时忍让，处处维护，后来竟至被拖累而死。扈三娘为什么如此软弱呢？赵员外、宋江等人养"外宅"是否合法呢？妻子与"外宅"又反映了当时什么样的婚姻制度呢？

考"妻"之原意,《说文解字》有云:"妻者,齐也。"意思是说,妻子是与丈夫一起整治、管理家庭的人,是丈夫的另一半,丈夫的社会地位、家庭财富,妻子与丈夫共同享有,两人对外是一个整体。宋代婚俗为一夫多妻制,即男子可娶一妻数妾,妻为正室,妾为偏室。男子有妻子了,人们常说是有妻室的人了,这就把妻子和"室"连在了一起,男人称自己的妻子为"内子""内室",有了妻室,就必定有内外之辨。在宋代,理学盛行,这一由儒家学说发展而来的思想,在禁锢人的思想行为上走到了一个极端:男人管外面的事情,女人治理家庭内部,可谓分工明确。当时,男人白天没有特殊原因是不能待在内室的,女人没有重大事情发生也不能迈出中门一步,内外不能共天井,不能共浴室,不能共厕所,可谓戒律森严。当然了,梁山好汉都是特立独行的人,行军打仗讲究不了这许多,但这一思想可以帮助我们理解扈三娘的无奈。她作为一位大家闺秀,虽然不爱红妆爱武装有些叛逆,但是这些夫权思想却深深影响了她,也就是说,不管"矮脚虎"王英德行如何,她都必须维护这个家庭,所以,她是死在了当时的社会压力之下,是一个典型的封建礼教受害者。

反观男人就自由多了。妻子只能有一个,但是还可以有几个妾,可以大享齐人之福。而且,宋代刑法规定,妻和妾的贵贱尊卑绝对不能混淆,否则男人要负刑事责任:"以妻为妾、以婢为妻者徒二年;以妾及客女为妻、以婢为妾者徒一年半。各还正之。"意思是说,男人不能凭自己的好恶,任意把女人的身份抬高或降低,抬高两级或降低一级的要服刑两年;抬高一级的服刑一年半,还要把错误纠正过来。虽然法律对下层妇女有所通融,"若婢有子及经放为良者听为妾",但无论如何不能以婢女为妻。《宋刑统》为这种做法做了解释:"妻者,传家事、承祭祀。即具六礼,取则二仪。婢虽经放为良,岂堪承嫡之重?"简单地说,下等女性是不可能有"齐"的福分的。这样我们就不难理解阎婆惜、金翠莲为什么安心做"妾"(而且她们还是比妾的地位更低的"外宅"——即"包二奶"),因为法律已经断绝了她们由妾转正为妻的渠道,宋江也可以名正言顺地先纳妾了。

妻子虽然在声誉、地位方面与丈夫等"齐",但在男尊女卑的封建时代,她们依然是丈夫的附庸,一旦失去了这个依附,她们仍是一无所有。当时人结婚,官府是不给开具结婚证的,当然也没有离婚证书了,只要丈夫的一纸休书,就可以轻易离婚。休妻有"七出之条",这里不细叙,地位更低的妾就更没有保障,即如外宅,同样也要守内外之辨的,宋江杀阎婆惜并不是为了那几个钱,其根本起因是张三溜进了他的内帏,生了积怨,阎婆惜又抓住他"通贼"的把柄而敲诈他的钱财,以便同张三远走高飞,宋公明这才冲冠一怒,手刃婆惜以雪前耻。试想,如果阎婆惜严内外之守,那就不可能认识张三而移情别恋,同样也不会因宋江私通梁山而去首告。所以,宋江杀惜,根源乃阎婆惜不守妇道,不守"宅"道,自取其祸。

宋代的婚姻制度虽夫妻等级森严,"内""外"有别,男女双方,特别是对女性的道德约束较严,但宋人的婚姻观念也有开放的一面,如"婚姻不问阀阅"即是。所谓"不问阀阅",即不问双方(主要是男方)出身门第高低。仍以扈三娘为例,一丈青扈三娘嫁给王英,一方面是迫于当时的压力,祝家庄被攻破,原来的对象祝家三少爷祝彪被杀,自己被掳上梁山,生命和声誉都时刻处在威胁之下,再加上宋江又是一番怀柔政策，使她不得不屈从；另一方面也反映了当时的一个社会现象，那就是"婚姻不问阀阅"。不问阀阅问什么？问成败，即以成败论英雄。据《宋史·冯京传》记载，外戚张尧佐为了把女儿嫁给农村出身的新科状元冯京，使用的手段相当粗鲁，直接掠抢，相当于绑架。当时各大家族为了抢夺新科进士为婿，在朝廷下榜的当天，纷纷出动"择婿车"，一时上榜举子中被选中者十之六七，榜上名单成了唯一标准：一不问家世，二不问人品，三不问婚否。这种情况愈演愈烈，最后择婿行动往往变成了"抢婿"行动。在这样的社会环境下，从小就受到这种思想影响的扈三娘，屈身下嫁给成功的"英雄"——"矮脚虎"王英，也就不奇怪了。

还可证之于宋代王明清的《摭青杂说》。该书收录了北宋末年单飞英与邢春娘的爱情故事。单飞英与邢春娘本是娃娃亲，这对小情侣由于金人南侵而失散，邢家一门遇害，年少的邢春娘不幸沦为娼妓。单飞英投身军旅后因战功而累累升迁，后来几经周折终于找到了邢春娘，他并不在意春娘的娼妓身份与自己的地位悬殊，而是"情愿复联旧约，不以良贱为念"，最后有情人终成眷属。宋罗烨的《新编醉翁谈录》也记载，河南洛阳人张时游学至建康，结识官妓谢福娘，两人诗词唱和，往来密切，很快便相爱了。前任建康守张尚书派数十兵卒前来唤福娘去应酒，将其裹挟至新任湖南。张时无可奈何，于是回到家乡河南服侍父母。不久张时就科举高中，五年之间，官至湖南运干，与谢福娘巧遇，张时不计较自己与福娘身份的差别，毅然选择了爱情，勇敢地娶福娘为妻。上述故事中，单、张二人，已经是功成名就，择偶的选择范围很大，属于钻石王老五系列，但是他们都置对方门楣于不顾，选择了坚守爱情，也从侧面反映了当时社会的爱情观，即重名而不重门第，重情而不重出身。

有宋一代，理学虽处于统治地位，但当时城市的繁荣带来市民阶层的壮大，而市民阶层提高自己社会地位的诉求无疑会对人们的价值观产生影响。《水浒传》反映的是北宋末年的故事，其时专制与自由两种观念正处在交替时期，人们的思想也变得矛盾起来，在不同的境遇下会给自己的行为找到不同的解释，这也是我们理解《水浒》人物行动时需要把握的。

鲁智深为什么自称"酒家"
——宋人有趣的称谓

　　《水浒传》中,鲁智深因称谓问题,至少有两次很是不爽:一次是在五台山出家时,智真长老给他讲完三归五戒,按禅宗规矩只能回答"能"或"否"一字,他却答"酒家记得",惹来众僧一顿哂笑,这是被人小瞧而不爽。

　　另一次是打华州时,他冒充游方和尚搞情报,被贺太守看出破绽:"几曾见出家人自称洒家。"认定这秃驴必是个强盗,被打得皮开肉绽,这是因习惯称呼而耽误军情的不爽。

　　那么,鲁智深到底该自称什么呢? 结合当时的身份,他是出家人,大抵应该如《水浒》中其他的出家人一样,自称为"老僧""小僧""贫僧"之类。但粗人鲁智深哪管这些,岂止不曾钻研身份转变后的自称问题,连基本僧家用语,他也一概不晓。遂一入禅门,便闹了个大笑话:

　　　　话说鲁智深回到丛林选佛场中禅床上扑倒头便睡。

　　　　上下肩两个禅和子推他起来,说道:"使不得,既要出家,如何不学坐禅?"

　　　　智深道:"酒家自睡,干你甚事?"

禅和子道:"善哉!"

智深裸袖道:"团鱼洒家也吃,甚么'鳝哉'?"

禅和子道:"却是苦也!"

智深便道:"团鱼大腹,又肥甜了,好吃,那得'苦也'?"(第四回)

这里,僧人习惯用语"善哉""苦也",他一概不懂,只会随口"洒家"长"洒家"短,诚然仍是一个俗人。不仅如此,第一次醉酒后,他还对着他其实颇为尊敬的长老骂起了"秃驴":"俺不看长老面,洒家直打死你那几个秃驴!"不知长老听在心头,是何滋味。

不过,即使不拿出家人的身份说事,鲁智深的自称还是跟其他人有些不一样。中国是一个讲究谦虚的国度,表现在自称上尤其如此。国君们一方面号称天子——天帝之子,自称时却个个谦卑得厉害,不是"寡人"就是"朕"的。至于平民百姓,那更是上行下效了,"不才""愚""鄙人""卑人""敝人""鄙夫""下官""末官""小吏""晚生""小生""小可""小子""小的""小人"等等,不一而足。宋江就是这一谦虚风范的典型代表,他"小吏""小人"几不离口,第八十三回面圣时,开口便道是"臣乃鄙琐小吏"。《水浒》中的其他英雄,也都不外如此。他们的自称大多谦虚、文雅,是当时社会文化的真实反映。

鲁智深的自称则显得别具一格,"洒家"几乎成为他的标签——虽然在小说中,另一位好汉杨志,也同样自称洒家。相比杨志,鲁智深的见义勇为率先进入读者视线,他在五台山的天真豪放,在野猪林中义救林冲,让人们觉得"洒家"已经直接可以翻译为洒脱不羁的代名词。当然，在事实上，"洒家"不过是宋元时关西一带人的自称而已（杨志也是关西人，故同样自称"洒家"），但结合书中鲁智深的言行，读者不妨边读《水浒》边体味"洒家"，从而对鲁智深的洒脱更添遐想。这大概也是文学的魅力吧。

其实在宋代，称谓是一件很严肃的事情。宋江醉酒题反诗被抓后，时任节级的戴宗因"会使神行法"，受知府委派前往京师给蔡京送信，与戴宗早有交情的梁山英雄为救宋江，便将计就计，找枪手写了封假回书。然而，这看似万全之策，却因为一个称谓的漏洞，将宋江、戴宗二人一起送上了刑场：

> 话说当时晁盖并众人听了，请问军师道："这封书如何有脱卯处？"吴用说道："早间戴院长将去的回书，是我一时不仔细，见不到处！才使的那个图书不是玉筋篆文'翰林蔡京'四字？只是这个图书便是教戴宗吃官司！"金大坚便道："小弟每每见蔡太师书缄并他的文章都是这样图书。今次雕得无纤毫差错，如何有破绽？"吴学究道："你众位不知，如今江州蔡九知府是蔡太师儿子，如何父写书与儿子却使个讳字图书？因此差了。是我见不到处！此人到江州必被盘诘。问出实情，却是利害！"

（四十回）

蔡京给别人写信，落款自称"翰林蔡京"，但是，当收信人是自己的儿子时，却不可能这么落款。这就好比我们会把印有头衔、联系方式的名片给旁人，对自己家人却大可不必一样，金大坚等人只顾将落款图章伪造得"无纤毫差错"，却忽略了这

假书救宋江

层称谓方面的讲究。

破绽果然很快被同是读书人的黄文炳识破："如今升转太师丞相，如何肯把翰林图书使出来？更兼亦是父寄书与子，须不当用讳字图书。"

就这样，因为落款处的一个自称出错，梁山英雄一番救人美意，反而弄巧成拙，把隐藏在官府中的内应戴宗也搭了进去，最后只得靠劫法场救回宋江、戴宗二人。

可见，在古代，称谓问题绝不是个小问题。

除此之外，《水浒》中还有许多有趣称谓。如称皇帝为"官家"，称官员的儿子为"衙内"，称老汉为"丈人"，称茶楼酒馆里的跑堂为"茶博士""酒博士"等。了解这些称呼，我们读《水浒》时就会少了许多障碍，也可以加深对宋代民情风俗及姓氏、交际文化的了解，要不然，怎么说文学作品也是"百科全书"呢？

石秀家的猪肉卖给了谁——宋代的饮食习俗

  若问石秀上梁山前的职业，很多读者会说是打柴的。其实不完全准确。石秀上梁山前，确实打过柴，但严格地说，最后一份令他走上造反道路的职业乃是屠夫。《水浒传》第十四回，石秀与杨雄相遇，意气相投，结拜为兄弟。这次结拜，最欢喜的数杨雄的岳丈——潘公。因为潘公是屠夫出身，一心想找一个合适的人接替家业，奈何女婿看不上这份职业。这下好了，石秀祖上居然也是杀猪的。

  潘公见了石秀这等英雄长大，心中甚喜，便说道："我女婿得你做个兄弟相帮，也不枉了！公门中出入，谁敢欺负他！叔叔原曾做甚买卖道路？"石秀道："先父原是操刀屠户。"潘公道："叔叔曾省得宰牲口的勾当么？"石秀笑道："自小屠家饭，如何不省得宰杀牲口。"潘公道："老汉原是屠户出身，只因年老做不得了；只有这个女婿，他又自一身入官府差遣，因此撇下这行衣饭。"

于是乎，石秀再次开始了操刀屠宰的生涯。

  一切似乎没什么不妥。如果说有不妥，那就是，石秀开的

石秀
时迁

这肉铺，到底把猪肉卖给谁呢？

整个《水浒》故事中，讲吃喝的情节是非常多的。但细心的读者会发现，梁山好汉们大碗喝酒、大块吃肉，吃的好像多是牛羊肉，他们到酒店喝酒，问用什么下酒，几乎百分百回答是牛肉。至于猪肉却极少，以至于有很多人以此推测说：宋朝人是不吃猪肉的。

这种说法并不靠谱。持这些说法的人似乎忽略了一个重要问题：梁山好汉之一石秀干的就是杀猪勾当，而且是祖业，他既然开了间肉铺，大家都不爱吃猪肉、不懂吃猪肉，那这猪肉卖给谁去？而且，肉铺还不止这一家，大家不要忘了，被鲁智深三拳打死的镇关西郑屠也是开肉铺的，而且小说中明确地说了：是猪肉！

宋代是个商品经济发达的社会，饮食业具有相当规模。《梦粱录》曾记载临安城内外肉铺不知凡几的景象："每日各铺悬挂成边猪，不下十余边。如冬年两节，各铺日卖数十边……至饭前，所挂之肉骨已尽矣"，"坝北修义坊，名曰'肉市'，巷内两街，皆是屠宰之家，每日不下宰数百口"。而据《水浒传》描述，郑屠、石秀两家的肉铺规模也都不小，先看石秀家的肉铺："石秀应承了，叫了副手，便把大青大绿点起肉案子，水盆，砧头；打磨了许多刀仗；整顿了肉案；打并了作坊猪圈；赶上十数个肥猪；选个吉日开张肉铺。"再看郑屠家的肉铺："且说郑屠开着间门面，两副肉案，悬挂着三五片猪肉。郑屠正在门前柜身内坐定，看那十来个刀手卖肉。"

光卖肉的刀手就有十几人，算得上是个小专卖店的规模了，可见生意是不差的。但问题在于，梁山好汉们可算是中下层老百姓的代表了，且足迹遍及各地，"代表们"都如此低频

怒打镇关西

率吃猪肉的话，偌大的肉铺，谁是买主呢？是施耐庵写着写着写忘了？

从小说来看，梁山好汉们吃得最多的是牛肉：

——第二回出现了两次吃牛肉的场面，一次是史太公招待过路的王进时，"庄客托出一桶盘，四样菜蔬，一盘牛肉"；另一次是史进听说附近少华山有强贼嚣张时，"叫庄客拣两头肥水牛来杀了"，召来庄户商量共同御敌；

——第四回，鲁达不得已做了和尚，却守不得戒律，到处寻酒喝，酒铺里的下酒菜也尽是牛肉；

——第五回，鲁达借宿刘太公家，招待他的是牛肉："没多时，庄客掇张桌子，放下一盘牛肉，三四样菜蔬，一双筷，放在鲁智深面前"；

——第十回，林冲看守草料场，外出买酒，"把花枪挑着酒葫芦，怀内揣了牛肉"；

——第十一回，林冲雪夜上梁山前，在酒店题诗，吃的还是牛肉；

——第十四回，阮氏三兄弟招待吴用，吃的也是小酒店里"新宰得一头黄牛，花糕也似好肥肉！"

……

例子不胜枚举。但就像我们追问肉铺里的猪肉哪里去了一样，我们同样需要追问：这些牛肉是怎么来的？

中国古代是一个以农业为主的传统社会，牛作为提高农业产量的重要工具，早在春秋战国时期，已经明确禁止随意宰杀。在秦代，牛老了必须交给官府，由官府许可后方许宰杀。而在宋代，同样严禁杀牛，杀牛罪有时甚至可处死刑。《宋刑统》规定："如盗杀牛马，头首处死，从者减一等"，"如有盗割牛鼻，盗斫牛脚者，首处死，从减一等”，“故杀官司牛马者，请决脊杖二十，随处配役一年放”，“杀自己马牛……并决脊杖十七”。可见，杀一头牛的代价几乎与杀一个人相当了。

不过，法律条文再细密、再严厉，也有不怕扑火的飞蛾。在一些地区，老百姓不仅不把禁令放在心上，而且大吃特吃牛肉，甚至有“一乡皆食牛”的壮观景象。据记载，当时从洛阳到开封，“鬻牛肉者甚众”，公然买卖牛肉的店铺随处可见。

但无论如何，我们必须承认一个事实：在宋代，相比于牛肉，猪肉仍是更普遍的一种肉食。同样是开封城，城外“民间所宰猪”，往往从南薰门入城，“每日至晚，每群万数，止数十人驱逐”。当地“杀猪羊作坊，每人担猪羊及车子上市，动即百数”。孟元老的《东京梦华录》关州桥夜市部分，亦介绍了大量令人垂涎欲滴的猪肉小吃。

综上所述，宋人饮食习俗中消费猪肉是普遍现象，《水浒传》中石秀肉铺（包括郑屠家肉铺）的猪肉都卖给了社会上的芸芸众生。那为什么施耐庵要让小说中呈现出一派繁忙的好汉吃牛肉场景，却让猪肉踪迹难觅呢？

结合前人看法，我们提供这样几种解释供读者参考：（一）正因为官府禁止，吃牛肉本身便成为一种具有造反精神的行为方式，是与整个小说的造反故事一致的；（二）牛高大、勇健，猪憨笨、行动迟缓，吃牛肉比吃猪肉显得豪爽，更凸显英雄个性；（三）牛肉便于较长时间存放；（四）牛普遍被杀，是作者讽刺当时农业生产受到破坏、民不聊生的春秋笔法；（五）作者施耐庵生活的年代是元末明初，统治者皆以牛羊肉为主食，不食猪肉和鱼虾，故作者以自己所处时代的生活习俗来写宋代生活；（六）作者信伊斯兰教，或系回族，故讳言猪肉之事。

　　《水浒传》中除了写到宋人食材猪肉、牛肉之外，还写到了其他肉食，其中出现频率第二高的是羊肉，而且，似乎是作为比牛肉高级一些的菜色出现的。第二回，史太公仅把王进当作一般的过路客人时，端出来的是牛肉；后来，得知王进武艺高强，要儿子拜之为师的时候，用的却是羊肉：太公大喜，教那后生穿了衣裳，一同来后堂坐下；叫庄客杀一个羊，安排了酒食果品之类，就请王进的母亲一同赴席。

　　最明显的是第三十八回，宋江与李逵初遇，和介绍人戴宗一起在"琵琶亭"酒楼（白居易歌咏过《琵琶行》的地方）吃饭，宋江见李逵能吃——用手抓着"把三碗鱼汤和骨头都嚼吃了"，便要酒保"大块肉切二斤来与他"，没想到酒保竟说"只卖羊肉，却没牛肉"，惹得李逵十分恼怒，"把鱼汁劈脸泼将去，淋那酒保一身"。李逵为什么恼怒？因为他觉得这酒保欺负人，这样答话分明是认定他只吃得起牛肉，吃不起羊肉。用他自己的话说，即是："叵耐这厮无礼，欺负我只吃牛肉，不卖羊肉与我！"牛羊肉之间的等级，可见一斑。

　　这倒是比较合理的，因为宋朝人普遍以羊肉为美味上品。宋人王安石在其《字说》中解释"美"字：从羊从大，大羊为美。故宋朝宫廷的肉食消费，以羊肉为上宗。据记载，宋太祖宴请吴越国君主钱俶的第一道菜是"旋鲊"，即用羊肉制成；宋真宗时，御厨一年用掉的羊有数万口之多；而神宗时代御厨账本上更记录着一年"羊肉四十三万四千四百六十三斤四两，常支羊羔儿一十九口，猪肉四千一百三十一斤"的骇人支出，其中猪肉的比例虽较小，但仍然是有的，主要做看碟和配菜用。当时，羊肉的价格也比其他肉食要贵一些。北宋灭亡前，京城开封物价飞涨，驴肉一斤1500文，猪肉一斤3000文，羊肉一斤卖到 4000 文，不久又涨到 7000 文，而且非常难得。南宋时，羊产量不高，价格则更贵了，有一首打油诗有趣地呈现了这一情况："平江九百一斤羊，俸薄如何敢买尝。只把鱼虾充两膳，肚皮今作小池塘。"

此外，《水浒传》中还写过鲁智深吃狗肉。第四回：

智深猛闻得一阵肉香，走出空地上看时，只见墙边砂锅里煮着一只狗在那里。智深道："你家现有狗肉，如何不卖与俺吃？"

庄家道："我怕你是出家人，不吃狗肉，因此不来问你。"

智深道："洒家的银子有在这里！"

便摸银子递与庄家，道："你且卖半只与俺。"

那庄家连忙取半只熟狗肉，捣些蒜泥，将来放在智深面前。

智深大喜，用手扯那狗肉蘸着蒜泥吃，一连又吃了十来碗酒。

写鲁智深吃狗肉，与写梁山好汉吃牛肉其实是有一致之处的。宋朝曾有禁止屠狗的法令，如宋太宗就明确诏告："屠狗以食，犯者定行处斩。"今人熟知的大青天包拯在扬州做官时，就曾将屠狗之民斩首示众。而且，佛家经典中也明确有"佛言不食狗"的戒律，并将狗肉列为应该严戒的"五荤"之首。鲁智深作为大宋子民，且又是出家人，吃狗肉的行为可谓是双重违规了，这与梁山好汉们的吃牛肉违规一样，实在具有异曲同工之处，体现了他们的叛逆个性。

　　总之,《水浒传》中无论写猪肉、狗肉, 还是写牛肉、羊肉, 都是故事情节发展和人物性格塑造的需要, 其一碗一碟, 一吞一吐, 无不活现了当时的社会生活和英雄人物的个性特征。读《水浒》, 懂梁山好汉为人之道, 知宋代民众饮食习俗, 更可体味当时社会文化之余香!

宋代人情礼，值个什么价

提到"礼"，一般有以下含义：一是指社会生活中的仪节，如婚礼、典礼等；二是指表示尊敬的态度和动作，如礼让、礼遇等；三是用于表示庆贺、友好或敬意所赠之物，如礼物、礼金等。"献礼"就是所谓送人情礼。这里我们就以《水浒传》中的故事为例，谈一谈宋代的人情礼。

人情礼种类繁多，各有窍门，按内容和受欢迎程度又可以分成三类：先看最高明和最受青睐的礼——关系。善于利用关系，就是善于利用社会生活中的潜规则。说到这一层就不能不谈一谈高俅的发迹了。《水浒传》第二回即以十分细致的笔墨写高俅出场：他原本是开封城一个"浮浪破落户子弟"，坑蒙拐骗桩桩都会，吹拉弹唱样样精通，礼义廉耻则一样不讲，在京师臭名远扬，是个一等一的帮闲。后来被人告了，开封府尹把他断了二十脊杖，迭配出界发放，当地人人喊打。高俅没办法只好去淮西临淮州，投奔一个开赌坊的闲汉叫柳世权的，一住就住了三年。后来宋哲宗大赦天下，高俅想趁机溜回京师接着玩，便请柳世权写了封信，他揣着这封意味着"人情礼"的信上路了，于是好戏开演。

高俅先是到了金梁桥下董某家。高俅大名谁不知道，所以董某看了信既不想留着高俅这等祸害在手下做事，又不想拂了老朋友的面子，于是把高俅留在家里好吃好喝招待了十几天，便说："小人家下萤火之光，照人不亮，恐后误了足下。我转荐足下与小苏学士处，久后也得个出身，足下意内如何？""小苏学士"就是大名鼎鼎的苏东坡（据宋代王明清《挥麈后录》记载，历史上真实的高俅还真的在苏轼门下做过小史，即文书之职，且"笔札颇工"，不过这与小说中的高俅是两回事，不能混淆）。高俅一听这去处比董某处更好，大喜过望。当下又拿了董某这封"关系信"找到苏学士家，这苏学士一见是高俅也开始盘算：要是把他赶走就得罪了老朋友，不如把这烫手山芋丢到别处。于是一封信又"荐他去驸马王晋卿府里"，后来高俅为王驸马送信到端王府，正遇端王踢球，高俅碰巧"解膝下场，才踢几脚，端王喝采。高俅只得把平生本事都使出来，奉承端王。那身分模样，这气球一似鳔胶粘在身上的。端王大喜，那里肯放高俅回府去"。就这样，他凭着足球技艺又"遭际端王，每日跟随，寸步不离"。端王就是后来的宋徽宗，徽宗即位后，重用高俅，"没半年之间，直抬举高俅做到殿帅府太尉职事"。

是什么让高俅发迹？不是他的人品和才学，是"运气"。整件事看下来，柳某、董某和小苏学士，他们和高俅未必有多好的交情，高俅的步步高升其实分文未花，只是巧妙地利用了他们之间的关系网——碍于交情收留高俅，碍于情面又把他送到别处，碍于情面再次把他推荐给第三者，终于把高俅放到了一个让他如鱼得水的好去处。故而关系礼是人情礼中最高端的一种，没有财物往来，自然也算不上是行贿受贿；彼此盘根错节互通有无，今天我帮你，明天你帮我，只要站在这个网里，大家自然一团和气，相互提携，无物胜有物。网外之徒比如宋江等人，你送了再多礼物花了再多银子，也只是管你去死，所以说高俅真是"杰出"的钻营人才，"人情礼"的最大受益者。

然而现实总是残酷的，并非所有人都像高俅那样有好的机会认识朝中要人，进而跻身其列，但有人又想吃点网中人的残羹冷炙，怎么办呢？于是，人情礼中最普遍最具操作性的品种出现了——礼物。当然有的礼物纯粹是情感需求，比如千里送鹅毛，比如给亲戚长辈送点土特产等，这种礼物送的人光明正大，一片诚心，收的人也问心无愧，从某种意义上说更接近礼的本身含义，是谓情礼。然而更引人关注的还是在宋代社会中最为普遍的贿礼——名为礼物，实为贿赂。在《水浒传》中，最出名的就是"生辰纲"，这是梁中书送给老丈人、也是当朝权臣蔡京的生日礼物——当然不是蛋糕，是价值十万贯的奢侈品。这生辰纲年年被劫，梁中书竟还年年进贡，这是怎样一种精神啊！

遗憾的是，《水浒传》并没有详写这十万贯的奢侈品到底是什么，不过我们可以参考在差不多同一时期的《金瓶梅》中，同样是蔡太师生日，西门庆送给蔡京礼物："黄烘烘金壶玉盏，白晃晃减靸仙人，良工制造费工夫，巧匠钻凿人罕见；锦绣蟒衣，五彩夺目；南京纻缎，金碧交辉；汤羊美酒，尽贴封皮；异果时新，高堆盘槛。"简单说，就是有吃的有喝的有穿的有用的，金光闪闪、精心雕刻的一堆宝贝。蔡京说了几句"这是干什么""我怎么好要啊"，就大大方方收下了，然后作为一个非常上道的人，很爽快地主动说："你家主人西门庆也送了几次东西了，他的心意我都收到了，就让他在山东提刑所掌管刑罚吧。"你看，收了礼就帮人办事，真是赤裸裸的利益交换！至于谈到礼物的价值，算一算连像西门庆这样的土财主出手都能如此大手笔，估计《水浒传》里梁中书给泰山大人送的东西只多不少，价值也更可观，否则也不会年年引来绿林好汉劫取。

当然，当时人如果既没有投对胎落在关系网中，又无力张罗奇珍异宝、佳味时鲜，那你只能送第三种礼——钱。君不见《水浒传》中柴进、卢俊义等梁山大哥大，行走江湖，打点衙门，使的不都是银两吗？君不见昔日一枝花浪子燕青没钱了只好讨饭吗？君不见正是银子给得爽快，所以宋江才被称作"及时雨宋公明"吗？但也正因为梁山众人送来送去的只有钱，它比起高俅、梁中书等人所送、所收的"礼"似乎更低一等，因而入不了高太尉法眼，所以他们始终无法"摆平"这位高太尉，他们的命运也因为无"礼"而屡遭坎坷，乃至落得个"魂归蓼儿洼"的悲剧结局。

《水浒传》中充斥着人情往复、礼物出进的情节描写，它一方面是宋代社会生活的真实反映，另一方面也促使读者思考古今人际关系中的礼物文化。是啊，送礼是一门大学问，收礼更是关乎身家性命，古往今来少有例外。一个没有礼物、不重往来的社会固然是干巴巴的全无人情，然而若是一个社会变成"有礼走遍天下，无礼寸步难行"，甚至以"送礼"为名义而苟施贿赂，以"收礼"为借口而暗行腐败，那则是全无规矩了。

后　记

　　读完出版社寄来的《〈水浒〉闲读》书稿清样，并作了最后的校改，不禁长舒一口气：这本历经数年的小书总算杀青了。

　　十多年前我曾在几家电视台主讲过"怎样欣赏中国古典诗词""李后主和他的词""屈原""司马迁""壮哉唐诗"等关于中国传统文化的专题演讲，有的演讲稿也已整理成书出版发行了。后来，又一家电视台邀我讲一讲《水浒》，我颇为犹豫，因为讲《水浒》理论，学术界论著如汗牛充栋；讲《水浒》故事，演艺界作品似春日繁花，我怎能讲得出新意呢？仔细斟酌，最后选了一个"休闲"的角度，结合今天的社会生活和人们的思维习惯，以杂谈的方式介绍《水浒传》这部书的形成与传播历史、书中重要人物的性格分析、书中所涉及的宋代某些领域的规章制度和社会风俗、文化现象等，于是便有了"李敬一《水浒》新读"系列节目。节目播出后，有几家出版社希望我将演讲稿整理出版，而商务印书馆敦促至切。这样，在他们的帮助下，终于整理出这本《〈水浒〉闲读》。

　　本书大致分为"《水浒》流传""《水浒》主题""《水浒》人物""《水浒》文化"等几个部分，尽笔者知识所及，向读者介绍其中的故事、细节、经验、教训以及对今人的启示意义。因涉及的内容比较驳杂，所以归纳成三十个小题目分别道来，这样便于读者在繁忙的工作之余，能"闲"读一个完整的章节。又因为本书是讲座的"底本"，语言较为轻松，所以也适合读者以"休闲"的心态进行阅读。

在本书的撰写、整理、出版过程中，笔者因杂务冗繁，写写停停，而出版社又敦促得紧，于是有几位对《水浒》颇有研究、对本书所论课题也饶有兴趣的年轻学者邓青、薛梅、梁娅，挺身而出帮我整理了部分书稿，他们的加入，把青春的气息带进了字里行间。商务印书馆的两位编辑厚艳芬、白彬彬，自始至终从书稿的主题、结构、文字到版面编排等，都给了我许多指导和细心沟通。在此，特向上述朋友以及商务印书馆的领导，表示衷心感谢！也感谢读者耐心阅读本书，请多多批评指正！

作者

记于 2018 年 6 月 1 日